이윤기의
그리스 로마
영웅 열전

1

이윤기의
그리스 로마
영웅 열전

1

민음사

일러두기

1. 맞춤법과 띄어쓰기는 한글 맞춤법과 외래어 표기법에 따랐다.
2. 단 희랍어 고유 명사 표기의 경우, 희랍어의 윕실론(υ)에 해당하는 그리어의 y는 'ㅟ'로 적었다.
   예: 디오니소스(Dionysos, Διόνυσος)→디오뉘소스

차 례

들어가는 말

우리말 어휘는 중국 고전 문화로부터 전혀 자유롭지 못하다. 중국 고전 『삼국지』를 읽어 본 사람들도 잘 알 것이고 우리 고전 『춘향전』의, 본문보다 긴 각주를 읽어 본 사람들도 잘 알 것이다. '읍참마속(泣斬馬謖)'이니 '토사구팽(兎死狗烹)'이니 하는 말은 이제 더 이상 각주를 필요로 하지 않는다.

우리가 서양 문화에서 자유롭기 어렵다면 서양 문화의 초석을 이루는 그리스 중심의 헬레니즘과 이스라엘 중심의 헤브라이즘으로부터도 자유롭기 어려울 것으로 보인다. 거신족(巨神族) 티탄(Titan)의 이름을 딴 '타이탄' 트럭이 도시를, 승리의 여신 니케(Nike)의 이름을 빌린 '나이키' 운동화가 운동장을, 아름다움의 여신 베누스(Venus)의 이름을 빌린 '비너스' 브래지어가 여성의 가슴을 누비는 시대를 우리는 살고 있다. 성서 시대의 많은 이름도 더 이상 각주를 필요로 하지 않는 시대를 우리는 살고 있는 것이다.

근 2000년 전에 쓰인 서양의 고전 『플루타르코스 영웅 열전』을 이제 와서 다시 정독해 보고, 그것을 간추려 책으로 꾸미고 싶은 까닭은 그러므로 다른 데 있는 것이 아니다. 나는, 수천 년이 지난 오늘날까지도 많은 사람들의 입에 그 이름이 오르내리는 영웅들의 본색을 되살피는 작업을 통하여, 다양한 경로로 우리의 언어에 삼투해 들어와 있는 서양 문화의 무수한 표현법과 수사법을 조명하고 여기에다 피를 통하게 하고 싶다는 희망에 사로잡혀 있다. 이 희망이 우리 문화를 풍부하게 하는 작업이 될지언정 때를 묻히는 작업은 되지 않도록 하기 위하여 옷깃을 여민다. 서양 문화를 향해 여미는 것이 아니라 우리 문화를 향해 여민다.

『플루타르코스 영웅 열전』의 저자는 플루타르코스다. 우리는 흔히 이 영웅 열전의 저자를 '플루타크(Plutarch)'라고 부르는데 이것은 영어식 이름이다. 제대로 부르자면 '플루타르코스(Ploutarchos)'가 옳다. 플루타르코스는 그리스도보다 약 반 세기 뒤에 태어난 그리스의 역사가이다. 우리가 『플루타르코스 영웅 열전』이라고 부르는 그의 저서 원제목은 『비오이 파랄렐로이(Bioi Paralleloi)』다. 직역하면 '죽 늘어놓고 견주어 본 위인들의 한살이', 즉 '위인 대비 열전(偉人對比列傳)'이 된다. 이 열전에는 약 50꼭지에 이르는 그리스 및 로마 영웅들의 이야기가 실려 있다. 수사법을 중심으로 다루는 이 책의 내용은 대체로 『플루타르코스 영웅 열전』에서 발췌한 것들이지만 필요하다고 여겨질 경우 다른 자료도 이용했다. 이 책에는 플루타르코스의 영웅 열전에 들어가 있지 않은 철학자들 일부도 포함된다.

『플루타르코스 영웅 열전』이 쓰인 시기는 중국의 역사가 사마천(司馬遷)의 『사기 열전(史記列傳)』에 한 세기가량 뒤진다. 『사기 열전』이 동양 3국의 표현법 및 수사법에 엄청난 영향을 미친 책이듯 이 영웅 열전은 성서와 더불어 서양 여러 언어의 어휘와 수사법에 엄청난 영향을 미친 책이다. 어느 정도인가 하면, 나폴레옹과 베토벤에게는 이 책이 성서와 다름없었고, 에라스무스에게는 "성서에 버금가게 신성한 책"이었으며, 에머슨에게는 "세계의 모든 도서관에 불이 날 경우 목숨을 걸고 들어가서 꺼

'너 자신을 알라.'라는 글귀가 새겨진 고대 그리스의 모자이크. 로마 바티칸 박물관 소장.

내고 싶은 책 세 가지 중의 하나"였을 정도이다.

그렇다면 우리는 고대의 영웅 열전으로부터 어떤 표현을 빚지고 있는가? 중국과 우리나라의 경우 영웅의 탄생은 현몽(現夢)을 통하여 그 부모에게 고지되는 것이 보통이다. 그러나 서양, 특히 그리스의 경우는 델포이에 있는 신전에다 무신(巫神) 아폴론이 '맡겨 놓은 뜻'을 통하여 그 부모에게 전해지고는 한다. '델포이'라는 말은 대지의 '자궁'이라는 뜻이다. 거기에 있는 신전의 문 상인방에는 '그노티 세아우톤(gnothi seauton)'이라는 글귀가 새겨져 있었다고 한다. 이 글귀의 의미가 바로 저 유명한 경구 '너 자신을 알라.'이다. 대지의 자궁은 인간에게 '너 자신이 인간임을 알 것'을 요구한 것은 아닐는지.

이 책을 통해서 우리는 무수한 상징적인 표현과 촌철살인의 경구와 고대의 수사법을 만나게 된다. 우리가 저 악명 높은 괴인 '프로크루스테스'를 만

나게 되는 것도 『플루타르코스 영웅 열전』을 통해서다. 이 괴인은 나그네를 제집 침대에 눕혀 재워 주기는 하나, 침대보다 긴 사람은 잘라 내어 죽이고 침대보다 짧은 사람은 늘여서 죽이는 해괴한 버릇이 있다. 영웅 테세우스가 이 괴인을 붙잡아 침대에 눕히고는 남는 부분을 잘라서 죽이는데, '프로크루스테스의 침대'라는 말은 여기에서 연유한다. 남의 입장은 돌보지 않고 제 입장에 맞추어 남을 재는 잣대는 지금도 '프로크루스테스의 침대'로 불린다. 우리 인간이 이 땅에 사는 한 프로크루스테스의 침대는 사라지지 않는다. 신의 뜻은 우리에게 그것을 '알고' 살 것을 가르치고 있는 듯하다.

'메덴 아겐(meden agen)'은 현자 솔론이 남긴 말이다. 과유불급(過猶不及)을 뜻하는 이 간결한 말은 영어로 풀어내면, 간결하지 못하게도 '지나침이 없게 하라.'가 된다. 철학자 디오게네스를 '견유철학자(犬儒哲學者)'라고 부르는 것은 그가 인생을 '퀴니코스 비오스(kynikos bios)', 즉 '개 같은 것'이라고 냉소했기 때문이다. 통 속에 살던 이 가난한 철학자는 정복자 알렉산드로스에게까지 "햇살 가리지 말고 좀 비켜서요." 하고 냉소함으로써 냉소주의(cynicism)의 꽃이 되었다. 『플루타르코스 영웅 열전』은 서구 언어의 원광(原鑛)을 방불케 한다.

급박한 정치적 투쟁의 와중에서 카이사르가 뱉은 몇 마디는 아직도 역사의 회랑에서 메아리친다. 플루타르코스가 전하는 바에 따르면, 카이사르는 쿠데타를 결심하고 임지 갈리아 땅에서 '루비콘 강을 건넜다'. 그 이래로 많은 사람들은 중대한 결정을 내릴 때마다 '루비콘 강을 건넌다.'라고 말한다. 로마로 들어가면서 그가 한 말은 '약타 에스트 알레아(jacta est alea)', 즉 '주사위는 던져졌다.'라는 뜻이다. 소아시아를 정벌하고 카이사르가 원로원에 보낸 승전보의 전문이 '베니, 비디, 비치(veni, vidi, vici)', 즉 '왔노라, 보았노라, 이겼노라.'였다는 것을 모르는 사람은 없을 것이다. 이 간결한 표현은 대학 입학 시험장의 현수막에 오래오래 무단 전재될 것이다. 양아들 브루투스의 칼에 맞으면서 그가 한 말도 '엣 투, 브루테(et tu, Brute)', 즉 '브루투스, 너까지도.' 이 한마디였다. 기원전 44년 3월 15일 이래로 '브루투스'라는 이름은 '발등을 찍은, 믿었던 도끼'가 되었다.

수사법은 말이나 글을 다듬고 꾸미는 기술이다. 수사법을 동원한 논증의 기술은 때로는 진실을 슬며시 가리기도 하고 때로는 한시적 진실을 영원한 진실이게 하기도 한다. 수사법은 고함보다 큰 울림을 자아낸다.

플루타르코스에 따르면, 스파르타의 한 노인은 자리를 양보하지 않는 젊은이를 보고는 그 젊은이 귀에 들릴 만큼 큰 소리로 이렇게 기도한다.

"신이여, 저는 부디, 노인에게도 양보할 수 없는 자리에는 앉지 않게 하소서."

그러나 같은 스파르타의 또 다른 젊은이는, 자리를 양보하지 않는다고 꾸짖는 한 독신 장군에게 이렇게 대든다.

"장군에게는, 장차 나를 위해 자리를 양보해 줄 자식이 없지 않소?"

고대 그리스의 역사가 헤카타이오스는 남의 집에 초대를 받아 갔지만 식사가 끝날 때까지 한마디도 하지 않았다. 어떤 사람이 이를 비난하자 친구가 그를 변호했다.

"말하는 방법을 아는 사람은 말할 때도 알고 있는 법이다."

어떤 사람이 길을 가다가 '잔인한 폭정의 불길을 끄기 위해 셀리누스 전투에서 죽다.'라고 새겨진 비명(碑銘)을 보았다. 플루타르코스는 이 과묵한 스파르타 사람에게도 기어이 한마디 하게 한다.

"죽어도 싸지……. 폭정의 불길이라면 끄려고 할 게 아니라 홀랑 타게 내

버려 두었어야 하는 일 아닌가?"

이제 기원전의 그리스와 로마로 되돌아가 그 현란한 수사(修辭)가 솟아난 시간과 공간의 배경을 기행해 본다. 이 글의 대부분은 1997년 4월부터 1998년 1월까지 근 한 해 동안 《조선일보》에 연재된 것들이다. 1998년 2월부터 1999년 2월까지 《세계일보》의 '세계사 인물 기행'에 연재한 원고 일부도 여기에 포함되었음을 밝혀 둔다. 《조선일보》에 연재될 당시에는 고영훈 화백이 그림을 그려 주었고, 《세계일보》에 연재된 글에는 청사 이동식 화백이 그림을 그려 주었다. 두 분께 고마워한다.

신문에 연재되는 글에는 적지 않은 제약이 뒤따른다. 손질하면서 그 제약을 풀고자 나름대로 노력했다. 이제 가슴에다 손을 얹어 본다.

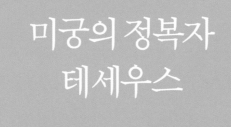

미궁의 정복자
테세우스

영웅의 탄생

플루타르코스의 기나긴 영웅 열전은 이렇게 시작된다.

"친구 소시우스여, 지리학자들은 저희가 잘 모르는 땅은 모조리 지도 가장자리에다 몰아붙이고는 금을 긋는다. 그러고는 그 금 밖을 설명하면서 맹수가 우글거리는 사막, 다가갈 수 없는 수렁, 얼어붙은 바다라고 한다. 나는 영웅 열전을 쓰되 분명한 사실을 바탕으로 하는 영웅을 그리려고 한다. 하지만 아득한 옛날 영웅을 그릴 때는 바탕 되는 사실이 없으니 그럴 수가 없지 않은가. 그러므로 아득한 옛날은, 시인과 몽상가만 살던 시대라고 얼버무려도 무방하지 않겠는가."

그는 분명한 사실이 미더울 뿐, 부정직한 지리학자와 허황한 시인과 황당한 몽상가는 미덥지 않았던 모양이다. 하지만 2000년 전에 그가 쓴 영웅 열전이 지금 어디에 위치하는가? 그의 영웅 열전이 신화 이상으로 유효한가? 그러므로 나는 플루타르코스에게 이렇게 말해도 무방할 것이다.

"플루타르코스여, 금 밖에 있는 것이야말로 시대의 인식에 훼손되지 않는 사람의 진실과 사람의 꿈 같은 것이다. 시와 신화는 각각 그 시대와 무관한 보편적인 사람의 거울이라서 명이 긴 것이 아니겠는가. 금 밖의 신화는 무리의 꿈이요, 현실 밖의 꿈은 개인의 신화다. 플루타르코스여, 굳이 자리매김을 하자면 그대 자리도 이제는 금 밖이다. 그대도 이제는 사막이요, 수렁이며, 얼어붙은 바다다. 그러나 실망하지 마시라. 이것이 바로 그대의 이 영웅 열전이 우리에게 아직도 유효한 소이연이다."

테세우스 신화의 도입부는 우리를 소스라치게 한다. 고구려의 유리왕 설화와 너무나 흡사한 것이다. 우연인가, 필연인가?

고구려 시조 고주몽은 부여 땅에 망명해 있을 동안 예씨 몸에 자식을 끼친다. 하지만 위험을 당하여 황급히 피신해야 했던 주몽은 예씨에게 당부한다.

"아들이 나거든 이름은 유리라고 하세요. 장차 자라 제가 누구인지 궁금해 하거든 떠나보내세요. 내가 일곱 마루 일곱 골짜기, 돌 위의 소나무 밑에다 한 물건을 감추어 놓았어요. 제 힘으로 기특하게 그것을 찾을 수 있을 때만 보내세요. 은밀하게 보내세요."

예씨 몸에서 태어난 아들 유리는 나이가 차자 어머니에게 묻는다.

"저의 아버지는 누구이시며, 어디에 계십니까?"

예씨는 주몽이 남긴 말을 아들에게 들려준다. 유리는 오랜 모색 끝에 '일곱 마루 일곱 골짜기, 돌 위의 소나무'는 일곱 모난 기둥 밑에 놓인 주춧돌이라는 것을 알아낸다. 주춧돌 밑에는 과연 부러진 칼 도막이 있었다. 유리는 칼 도막을 신표 삼아, 아버지 고주몽을 찾아가 상면했다.(『삼국사기(三國史記)』)

테세우스는 헤라클레스와 쌍벽을 이루는 그리스의 영웅이다.

적국의 미궁으로 들어가 괴물 미노타우로스를 때려죽인 영웅, 들어가면 아무도 살아 나올 수 없는 미궁에서 적국 공주 아리아드네의 실타래 덕분에 살아 나온 영웅, 음란한 후처 파이드라가 맏아들을 꾀는 바람에 노년에 무참하게 망신을 당한 저 유명한 영웅이 바로 테세우스다. '파이드라(Phaedra)'는 바로 이 파이드라가 저지른 불륜의 사랑을 그린 희곡의 제목이자 이것을 형상화한 유명한 고전 영화의 제목이기도 하다. 이 제목이 우리나라에서는 근지럽게도 「죽어도 좋아」로 번역되었으니 끔찍하다.

아테나이 왕 아이게우스는, 아들 없는 것을 제외하면 세상에 부러울 것이 없는 사람이었다. 그는 장차 아들을 얻을 수 있게 될 것인지, 아니면 팔자에 아예 아들이 없는 것인지 궁금했다. 그래서 델포이에 있는 아폴론 신전으로 올라가 신이 맡겨 놓은 뜻, 곧 신탁(神託)을 한번 받아 보았다. '신탁(oracle)'은 '입(oris)' 혹은 '말하다(orare)'에서 유래하는 점잖은 말이다. 셰익스피어는 일찍이 『베니스의 상인』에서 지독하게 독단적인 인간을 '신탁경(Sir Oracle)'이라고 비아냥거린 바 있거니와, 세상에는 뇌물로 매수하여 사람을 '제 뜻대로 조종하는(work the oracle)' 점잖지 못한 인간도 있다.

하여튼 예언의 신 아폴론이 맡겨 놓은 뜻은 이러했다.

"사람의 우두머리여, 아테나이에 이르기까지 통가죽 부대의 발을 풀지 말라."

통가죽 부대는 그 시절에 포도주 항아리 노릇을 했다. 통가죽의 뒷다리 부분은 항아리의 주둥이에 해당한다. 눈 밝은 사람은 벌써 '아하, 아이게우스가 취중에 여자 걸터듬게 될 팔자로구나.' 하고 짐작할 것이다. 그리고 실제로 그렇게 된다. 도덕군자가 들으면 펄쩍 뛸 노릇이지만 신화는 바로 그런 대목에서 비로소 꽃을 피우니, 기묘하다.

아이게우스는 귀국 길에 한 작은 도시 국가의 성문을 두드린다. 도시 국가의 이름은 트로이젠, 왕의 이름은 당시 현자로 이름 높던 피테우스였다.

손님은 신의 뜻을 좇아 술 부대 끈을 풀지 않았다. 주인이 대신해서 풀어도 여러 개를 풀었으니 굳이 손수 풀 것도 없었다. 뒷날에 생긴 로마 속담이 말한 바와 같이 아이게우스는, 첫잔은 갈증을 풀기 위해, 둘째 잔은 지친 몸의 생기를 돌게 하기 위해, 셋째 잔은 흥을 돋우기 위해 마셨다. 넷째 잔부터 도저해진 취흥을 이기지 못해서 거푸 마셨을 것이다.

'벨베데레 아폴론'이라고 불리는 바티칸 박물관의 아폴론 상. '벨베데레(Belvedere)'는 '전망대'를 뜻하는 일반명사이지만 지금은 로마에 있는 바티칸 박물관의 '회화관(繪畫館)'의 이름이기도 하다.

그리스의 고대 도시 델포이에 있는 아폴론 신전. 델포이에는 고대 그리스 도시 국가들의 보물 창고, 극장, 경기장 등의 유적이 잘 보존되어 있다. 암녹색의 올리브 나무가 계곡을 메우고 있다.

다음 날 정신을 차리고 나서야 아이게우스는 취중에 안고 잔 여자가 공주라는 것을 알았다. 큰 나라 왕을 손님으로 맞은 작은 나라 왕의 속셈 헤아리기는 어렵지 않다. 딸을 손님 손에다 붙일 수 있으면 과년한 딸 시집보내고 임금 사위 얻고 아테나이를 혈맹으로 얻게 되니 일석삼조였을 법하다.

플루타르코스는 이 대목에서 "딸이 아버지의 설득에 못 이겨 손님의 잠자리로 들어갔는지, 아니면 스스로 속임수를 쓴 것인지 그것은 분명하지

술꾼에게 술을 먹이는 사튀로스(가운데). 사튀로스가 들고 있는 가죽 부대가 바로 당시의 포도주 부대였다. 기원전 5세기경 그림.

않다."라는 식의 절묘한 수사법을 쓰고 있다. 말하자면 '어떻게 들어갔는지 분명하지 않다.'라는 얼버무림을 통하여 둘의 통정을 기정사실로 만들어 버리고 있는 것이다. 정치가들이 오늘날까지 줄기차게 우려먹는 수사법이기도 하다.

아이게우스는 장정 서넛이 들어도 들릴까 말까 한 왕궁 객사의 섬돌 한 귀퉁이를 들고 돌 놓였던 자리에다 가죽신 한 켤레와 칼 한 자루를 놓고는 돌을 그 자리에 내려놓았다. 그러고는 아이트라에게 은밀하게 당부했다.

"아들을 낳고, 그 아들이 제 근본을 궁금해할 나이가 되거든 아비를 찾아 떠나보내세요. 내가 섬돌 밑에다 신표(token)를 감추어 두었으니, 제 힘으로 댓돌을 들 만한 힘이 생기거든 보내세요. 아무도 모르게, 은밀하게……."

소인과 대인이 어떻게 다르냐는 질문을 받자 맹자는 이렇게 대답한다.

"작은 것을 따르는 자를 소인이라고 하고, 큰 것을 따르는 사람을 대인이라고 하지요."

영웅이 무엇이냐는 질문에 신화학자 조셉 캠벨은 이렇게 대답한다.

"자기의 삶을 '자기보다 큰 것'에 바친 사람이지요."

영웅(hero)은 자기보다 큰 것에 자신을 바침으로써 한 시대의 주인공(hero)이 된 사람이다. 영웅을 가리키는 그리스 말 헤로스(heros)는 원래 신인(神人)을 뜻한다. 영웅은 자기보다 큰 것에 자신을 바침으로써 마침내 시대의 주인공이 되고, 필경은 인간의 한계까지 뛰어넘음으로써 신인의 반열에 오르기도 하는 사람이다.

그런데 기이하게도 영웅의 삶은 한 귀퉁이가 모자란 채로 태어난 사람, 자기 동아리에 허용되어 있는 정상적인 경험에서 어딘가 동떨어진 사람에게서 시작되는 경우가 허다하다. 역경은 극복의 필요조건이기는 하다. 그러나 이 태생적 한계가 영웅의 필요조건인 것은 아니다. 그럼에도 태생적 한계와 고난의 세월을 경험하지 않은 영웅의 이름을 고대의 신화는 별로 기록하고 있지 않다.

우리가 이미 짐작하고 있듯이, 공주 아이트라는 달이 차자 아들을 낳았다. 아이트라는 이 아들을 '테세우스'라 불렀다. 이 이름은 아버지 아이게우스가 섬돌 밑에다 무엇을 감추어 둔 것과 무관하지 않다. '감추어 둔 보물'을 뜻하는 이 이름 테세우스는 '사전(辭典)'을 뜻하는 영어의 '시서러스(thesaurus)'와 무관하지 않다. 사전이 무엇인가? 역사가 감추어 둔 언어의 보물 창고 아닌가?

많은 영웅들이 그렇듯이 테세우스도 편모슬하에서 자라난다. 테세우스는 나이 여섯 살에 벌써 영웅의 그릇을 보였다. 일찍이 영웅 헤라클레스는 네메아 지방을 쑥대밭으로 만든 사자 한 마리를 맨손으로 때려죽인 적이 있다. 헤라클레스는 이것을 자랑삼아 그 사자의 가죽을 벗겨 겉옷처럼 어깨에 걸치고 다녔다. 지나던 길에 트로이젠을 방문했을 때도 헤라클레스는 물론 그 사자 가죽을 어깨에 걸치고 있었다. 당시 왕궁에 기거하고 있던 사람들은 어른 아이 할 것 없이 모두, 헤라클레스가 진짜 사자인 줄만 알고 혼비백산했다. 딱 한 사람, 번개같이 무기 창고로 달려 들어가 도끼를 들고 나

온 아이가 있었으니 그가 바로 여섯 살배기 테세우스다.

당시 그리스에서는 사내아이가 태어나면, 부모는 배냇머리를 깎아 간직해 두었다가 성인식 직후에 델포이로 올라가 그 머리카락을 아폴론 신전에 바치게 하는 풍습이 있었다. 그러나 테세우스는 배냇머리만 바친 것이 아니고 당시 텁수룩하게 자라나 있던 앞머리도 함께 잘라 바친 것으로 전해진다.

호메로스에 따르면, 호전적인 아반테스 족 전사들에게는 앞머리를 자르는 풍습이 있었다고 한다.

델포이의 무녀(巫女) 퓌티아가 삼각대에 앉아 아폴론의 신의(神意)를 들려주고, 다른 무녀가 이것을 받아 적고 있다. 1920년대 서양 신화집의 삽화.

적의 손에 머리끄덩이를 잡힐 수 있기 때문이다. 그러니까 테세우스는 머리끄덩이를 잡히지 않겠다는 비장하고도 상징적인 의지 표명의 수단으로 앞머리카락을 잘라 바친 것으로 보인다. 뒷날 알렉산드로스는 휘하 장수들이 수염 기르는 것을 금지했는데, 이 역시 점잖은 마케도니아 장수에게는 더할 나위 없이 수치스러운 일이었을 터인, 적병의 버르장머리 없는 손아귀에 수염 끄덩이 잡히는 일을 미연에 방지하기 위함이었다. 로마도 뒷날 군사들에게 수염 기르는 행위를 금지시킨 일이 있다. 카르타고의 명장 한니발이 로마군대를 깨뜨리고 그 군복으로 로마 군처럼 위장한 일이 있었기 때문이다. 카르타고 병사들은 원래 수염을 매우 아꼈다. 로마 군으로 위장한 가짜 로

네메아에서 몽둥이로 사자를 때려잡은 것으로 유명한 헤라클레스는 늘 사자 가죽을 두르고 몽둥이를 든 모습으로 그려진다. 15세기 이탈리아 화가 안토니오 델 폴라이우올라의 「물뱀 히드라를 죽이는 헤라클레스」.

마 군과 진짜 로마 군을 구별하자면 로마 군이 수염을 깎는 수밖에 없었던 것이다.

테세우스는 어쩌면 머리카락을 바치러 갔다가 신전 문 상인방에 새겨져 있는 다음과 같은 글귀 아래서 소스라치는 순간을 경험했는지도 모른다.

"그노티 세아우톤!(gnothi seauton)"

'너 자신을 알라.'라는 뜻이다. 자신을 알자면, 자신에게 근원적인 의문을 제기하고 그 해답을 모색하는 경험이 있어야 한다. 이 모색의 경험을 회피하느냐 온몸으로 맞서느냐 하는 데서 역사의 주연과 조연의 자리가 갈린다.

테세우스에게도 다음과 같은 의문을 제기하는 순간이 있었을 것이다.

"나는 도대체 누구이며 어떻게 생겨난 사람인가?"

어디에서 많이 듣던 소리, 영웅 신화와 영웅 설화에 예외 없이 등장하는 대목이다. 하지만 대단히 상투적인 이 대목에서 전설이나 신화는 갑자기 의미심장해지면서 존재론의 높이로 성큼 뛰어오른다.

어머니 아이트라는 아들을 왕궁 객사의 섬돌 앞으로 데려가면서 아버지 이야기를 들려주었다. 테세우스는 무거운 섬돌을 가볍게 들고는 아버지가 남긴 신표를 꺼냈다. 짧은 칼 한 자루와 가죽신 한 켤레였다.

유리 태자가 초석 밑에서 꺼낸 것도 칼이고 테세우스가 섬돌 밑에서 꺼낸 것도 칼이다. 아서 왕이 바위에서 뽑아낸 것도 마법의 칼 엑스칼리버(Excalibur)다. 칼이 무엇인가? 무사에게 칼은 생명이다.

그러면 신발은 무엇인가? 성(聖)과 속(俗), 이승과 저승의 경계에 놓이는 이정표, 벗어 놓고 떠나는 자의 정체를 증명하는 신분증과 같은 것이다. 모세가 불타는 떨기나무 앞에서 벗어야 했던 물건, 육신을 거두어 세상을 떠난 달마 대사가 무덤에다 남겨 놓았던 유일한 물건이 바로 신발이다. 신데렐

섬돌을 들어 올리는 테세우스
와 그의 어머니 아이트라. 섬
돌 아래 칼과 가죽신이 놓여
있다.

라와 콩쥐를 찾는 데 결정적인 단서 노릇을 한 것도 바로 이 신발이다. 투신
자살하는 사람은 신발을 벗어 두고 물에 뛰어드는 법이다. 신발이 무엇인
가? 이승에서의 삶이다. 애인이 오면 버선발로 뛰어나가는 게 제격이다. 한
사람의 역사가 적히는 이력서(履歷書)가 무엇인가? 신발(履) 끈 자취다. '고
무신 거꾸로 신는 것'은 무엇인가? 운명의 뒤집기다.

테세우스는 결연하게, 아버지를 찾아 떠나겠다고 말했다. 그것도 편안한
바닷길을 버리고, 흉악한 도둑 떼가 들끓는 육로로 가겠다고 했다. 어머니

는 아들에게, 육로에는 흉악한 도둑 떼가 들끓고 있는 만큼 배를 타고 아버지가 있는 아테나이로 갈 것을 권했다.

영웅이 스스로 선택하는 위험한 시련의 길을 두고 힌두 경전은 "이 험산애로(險山隘路)는 흡사 면도날과 같다."라고 했다. 면도날이 무엇인가? 첨단이다. 낙오자에게 이 첨단 너머는 지옥이다.

테세우스는 이런 말로 어머니의 뜻을 꺾었다.

"편안한 바닷길로 아버지를 찾아가는 것은 그분의 명예를 욕되게 하는 짓입니다. 이 신표는 제가 명예로운 아버지의 아들이라는 것을 증명하는 것이지, 명예로운 아버지에게 어울리는 명예로운 아들이라는 것을 증명하는 것은 아닙니다. 바닷길을 택함으로써 헤라클레스를 기쁘게 하고 싶지는 않습니다."

테세우스는 이로써 편모슬하라고 하는 사회적으로 불완전한 상태를 박차고 삶의 현장으로 나갈 것을 결심한다. 그 결심은, 자신의 확신과 책임의 바탕 위에서만 삶을 영위하겠다는 홀로서기의 결심이기도 하다.

아버지를 찾아 나선 테세우스

이때가 어느 때인가 하면 온 나라의 도둑 떼를 닥치는 대로 쳐 죽이던 헤라클레스가 손에 피를 너무 묻힌 죄를 닦느라고, 옴팔로스(Omphalos) 나라 옴팔레 여왕 밑에서 종살이를 하고 있을 때다. 옴팔로스는 '배꼽'이라는 뜻이다. 배꼽은 어머니와 태아를 연결하는 생명의 통로이니, 대지의 배꼽인 옴팔로스는 다른 말로 하자면 '세계의 축', '세계의 배꼽'이 된다. 헤라클레

헤라클레스는 살인죄를 닦기 위해 옴팔로스의 여왕 옴팔레 밑에서 종살이를 한 적이 있다. 하지만 18세기 프랑스 화가 프랑수아 부셰는 그걸 믿지 못했던 모양이다. '옴팔로스'는 배꼽이라는 뜻인데, 아닌 게 아니라 옴팔레 여왕의 배꼽이 선명하게 그려져 있다.

스는, 여성은 남장하고 남성은 여장하는 이 혼돈의 땅에서 사람이 남녀로 분화되기 이전인 세계를 체험하고 있었던 것으로 보인다. 당시 그리스에는 남자가 죄를 닦을 때 여장하는 풍습이 있었다.

이처럼 헤라클레스가 부재중이어서 세상에 도둑 떼가 날뛰었다. 헤라클레스는 도둑을 죽일 때 꼭 그 도둑이 나그네를 죽이던 방법을 그대로 써서

델포이 박물관에 보관되어 있는 이 석괴(石塊)의 이름은 '옴팔로스', 즉 '세계의 배꼽'이라는 뜻이다. '델포이'는 '대지의 자궁'이라는 뜻이다. 그리스인들은 델포이를 세계의 중심으로 인식하고 있었던 것 같다.

죽이는 버릇이 있었다. 그는 일찍이, 나그네를 잡아 제물로 쓰던 부시리스라는 도둑을 죽일 때는 잡아서 제물로 썼고, 씨름 겨루기로 나그네를 죽이는 안타이오스는 씨름 겨루기로 죽였고, 박치기의 명수 테르메로스는 박치기로 머리를 깨뜨려 죽였다. '못된 짓거리'를 뜻하는 '테르메로스의 장난'이라는 말은 여기에서 유래한다.

테세우스도 그랬다. 테세우스 손에 첫 희생자가 된 도둑은 페리페테스다. 별명이 '코뤼네테스', 즉 '곤봉을 휘두르는 자'인 이 도둑은 사람을 죽여도 반드시 굴뚝만 한 곤봉으로 때려죽였다. 테세우스는 도둑을 죽일 때면 헤라클레스가 하던 대로 했다.

"너를 베는 것은 네 품 안에 있다."

그는 이러면서 곤봉을 빼앗아 페리페테스를 때려죽이고는 그 곤봉을 차지했다. 네메아 땅의 사자를 죽이고는 사자 크기를 자랑하려고 늘 그 가죽을 두르고 다닌 헤라클레스처럼 테세우스 역시 그 곤봉을 가지고 다니면서 자랑했다.

그리스 반도와 본토 사이에 다리처럼 걸린 좁다란 지협이 있다. 오늘날 지협을 '이스트머스'라고 부르는 것은 이 지협 이름이 '이스트모스'였기 때문이다. 이 지협에는 시니스라는 이름의 괴망한 강도가 있었다. 이자의 별

명은 '피튀오캄프테스', 즉 '소나무
를 구부리는 자'였다. 시니스가 소
나무 두 그루를 구부려 돌부리에
비끄러매어 놓고 있다가 나그네를
붙잡으면 나무에다 다리를 각각
하나씩 묶은 다음 그 비끄러맨 줄
을 끊어서 죽이기 때문에 생긴 별
명이었다. 그래서 시니스에게 붙잡
힌 나그네는 반드시 가랑이가 찢
겨 죽었다. 테세우스는 같은 방법
으로 가랑이를 찢어 시니스를 죽
였다.

메가라의 절벽 위에는 스키론
이라는 도둑이 있었다. 이 도둑은
나그네가 지나가면 꼭 벼랑 끝에
서 제 발을 씻기게 하는데, 나그네

안타이오스를 죽이는 헤라클레스. 안타이오스는 대
지로부터 새 힘을 얻는 천하장사였다. 헤라클레스는
안타이오스를 번쩍 들어 올려 대지로부터 새 힘을
얻을 수 없게 해 놓고는, 목을 졸라 죽였다. 15세기
안토니오 델 폴라이우올로의 청동상.

가 발을 씻으면 그러는 동안 발길로 복장을 차 벼랑 아래로 떨어뜨려 죽이
고, 듣지 않으면 벼랑 아래로 떠밀어서 죽였다. 테세우스는 도둑이 시키는
대로 발을 씻다가 발목을 거머쥐고는 "네 죽음의 씨앗은 너에게 있다."라
면서 벼랑 아래로 집어 던졌다.

아테나이 관문에는 다마스테스라는 도둑이 있었다. 이자의 별명은 '프
로크루스테스', 즉 '두드려서 펴는 자'였다. 이자의 집에는 침대가 하나 있었
다. 프로크루스테스는 나그네가 지나가면 불러서 이 침대에 눕혀 재웠다.

시니스가 나그네를 죽이던 것과 똑같은 방법으로 그를 죽이는 테세우스.
저항하는 시니스를 테세우스가 나무에 비끄러매려 하고 있다. 기원전 5세기의 접시 그림.

이 세상에 키가 침대 길이와 정확하게 똑같은 사람은 없는 법. 이 도둑은 침대보다 키가 작은 나그네는 늘여서 죽였고, 침대 길이보다 긴 나그네는 남는 부분을 잘라서 죽였다. 테세우스는 키가 침대 길이보다 훨씬 더 큰 프로크루스테스를 침대에 눕히고는 남는 부분을 잘라 버렸다. 남의 길이를 제 잣대에 맞추는 자의 횡포를 '프로크루스테스의 침대', 또는 '프로크루스테스의 횡포'라고 하는데 이 말은 이렇게 생겨났다.

소문은 원래 그 소문의 주체보다 발이 빠른 법이다. 테세우스가 아테나이로 들어가려고 강을 건너고 있을 때 소문은 벌써 아테나이 왕비 메데이아의 귀를 간질이고 있었다. 메데이아가 어떤 여자인가? 저승 한 모서리를 다스리는 여신 헤카테의 제니(祭尼) 출신인 메데이아는 일찍이 독부(毒婦)로 그 이름을 떨친 바 있다. 메데이아는 원래 머나먼 북방의 나라 콜키스의 공주였다. 그러다 황금 양의 털가죽을 찾으러 온 영웅 이아손을 사모하여 조국을 배신한 여인, 이아손으로부터 버림을 받자 이아손과의 사이에서 태어난 자식 둘을 찢어 죽인 독부다. 메데이아는 또 한 항아리의 약탕으로 능히 노인을 청년으로 회춘하게 하고, 겨자씨만 한 독을 풀어 능히 코끼리를 죽일 수 있을 정도로 약 처방에 솜씨가 있는 여자다. 메데이아가 전처소생인 테세우스를 반길 턱이 없다. 메데이아는 지아비 아이게우스 왕을 꼬드기고는 일적필도(一滴必到)의 독주를 처방해 놓고 테세우스를 기다리고 있었다.

프로크루스테스가 나그네를 죽이는 것과 똑같은 방법으로 그를 죽이는 테세우스. 기원전 5세기의 술통 그림.

이아손은 황금 양의 털가죽을 찾으러 머나먼 나라 콜키스로 갔던 '아르고 원정대'의 대장
이다. 콜키스의 공주 메데이아는 이아손에게 첫눈에 반해, 조국을 배반하면서까지 이 영
웅을 도와준다. 19세기 프랑스 화가 구스타브 모로가 그린 「이아손과 메데이아」.

이아손은 메데이아 덕분에 그리스의 자존심이라고 할 수 있는 황금 양의 털가죽을 손에 넣는다. 19세기 『호메로스 이야기』에 실린 삽화 「황금 양의 털가죽을 손에 넣는 이아손」.

테세우스가 왕궁으로 들어섰을 때 아이게우스 왕 내외와 중신들은 잔칫상을 마련하고 이 영웅을 기다리고 있었다. 왕이 이런 말로 테세우스를 맞았다.

"트로이젠의 영웅이여, 피테우스 왕은 안녕하신가? 나도 오래전에 피테우스 왕을 뵙고 나그네 박대하지 않는 미덕을 배운 사람이라네."

"그래서 제가 셈을 좀 하러 왔습니다."

테세우스가 응수했다. 셈을 하러 왔다는 말이 아이게우스의 귀에는 공주를 겁탈한 죗값을 물리러 왔다는 말로 들렸으리라. 메데이아는 부자간의 대화가 오래 이어져서 득 될 것이 없다고 판단하고, 미리 마련한 독주를 권하라고 눈길로 왕을 다그쳤다.

왕이 권한 술잔을 받아 든 테세우스는 칼집에서 칼을 뽑아 안주로 먹을

이아손이 탄 쾌속정 아르고호에 동승하여 콜키스로 귀환하는 메데이아 공주. 메데이아 뒤로 황금 양의 털가죽과 원정대장 이아손이 보인다. 19세기 화가 H. J. 드레이퍼의 그림.

만큼 양고기를 베기 시작했다. 뽑을 때부터 테세우스의 단도를 눈여겨보고 있던 아이게우스는 테세우스의 가죽신으로 눈길을 옮겼다. 분명히 열일곱 해 전에 트로이젠 왕궁의 객사 섬돌 밑에다 넣어 두고 온 단도와 가죽신이었다.

　아이게우스는 떨리는 목청을 마른기침으로 가다듬고는 물었다.

"그래, 그 칼로 셈하려는가?"

"아니올시다. 손에 든 이 칼과 발에 신은 가죽신으로 셈하려고 합니다."

"그대가 그 칼과 가죽신의 내력을 말할 수 있겠느냐?"

"그럼 이 나라 궁전 객사의 섬돌을 들어 보이리까?"

황금 양의 털가죽을 거두어 유유히 조국으로 떠난 이아손을 콜키스 왕이 추격하려고 하자, 메데이아는 애인에 대한 추격의 속도를 늦추기 위해 두 동생을 찢어 바다에 던진다. 콜키스 왕은 이 두 아들의 장례를 치른 다음에야 이아손을 추격한다. 1세기의 로마 벽화는 두 동생 앞에서 고민하는 메데이아의 모습을 보여 주고 있다.

아이게우스는 자리를 차고 일어나 독주 잔을 빼앗아 던지고는 소리쳤다.

"기다리거라. 그 잔을 들지 않아야 셈이 될 터이니."

부자가 이렇게 상봉해서 묵은 이야기로 밤을 밝히고 있을 즈음 독부 메데이아는 아들 메도스를 데리고 동쪽으로 도망쳐 후일에 한 나라를 세운다. 이 나라가 바로 『구약성서』가 '메데'라고 부르는 뒷날의 페르시아이다.

테세우스가 아버지 아이게우스와 상면할 당시 아테나이 안팎의 형편은 말이 아니었다. 부왕 아이게우스를 돕자면 테세우스는 적어도 세 가지 당면 문제를 해결하지 않으면 안 되었다.

첫째는 집안 문제였다. 아이게우스 왕에게는, 아들딸을 자그마치 50명이나 둔 아우 팔라스가 있었다. 팔라스는, 형이 무자식이었던 만큼 때가 되면

당연히 자기의 아들 중 하나가 왕좌를 이을 것으로 믿었다. 그런데 덜컥 적법한 왕위 계승자 테세우스가 나타나 버린 것이다. 이렇게 되자 팔라스는 테세우스의 힘을 시험하려 들었다. 그는 난데없이 나타난 테세우스가 임금 재목이 되지 못할 경우 힘으로 왕실을 때려 엎고 자기 아들을 앉힐 심산이었다. 테세우스는 팔라스 일당에게 약골이 아니라는 것을 보여 주지 않으면 안 되었다.

둘째는 마라톤 평야의 황소 문제였다. 당시 아테나이는 마라톤 평야에 나타나 사람과 가축을 닥치는 대로 해치는 황소 한 마리 때문에 골머리를 앓고 있었다. 어떤 사냥꾼의 화살도 이 황소의 가죽만은 뚫지 못했기 때문이다.

총체적 위기는 하나의 위기관리를 통해 줄줄이 해소되는 경우가 종종 있는 법이다. 테세우스의 경우도 그랬다. 야심가 팔라스는 조카에게 제안했다.

"힘꼴이나 쓰는 자네가 마라톤의 황소를 한번 처치해 보지 않겠나?"

팔라스는 테세우스가 이 제안을 거절할 수 없다는 것을 잘 알고 있었다. 팔라스에게는 잘만 하면 일석이조가 되는 이 제안이 테세우스에게는 양날의 칼이었다. 꽁무니를 빼면 팔라스 일당의 칼날이 가만히 있지 않을 터이고, 마라톤 평야로 나가면 황소의 뿔이 가만있지 않을 터였다. 그러나 위기는 곧 기회인 법. 그는 위기를 피하지 않았다. 그는 아테나이 성문을 나서서 마라톤 평야로 나갔다.

마라톤(Marathon)은 '마라토스(Marathos)의 땅'이라는 뜻이다. 마라토스는 누구인가?

제우스에게는 쌍둥이 아들이 있다. 카스토르와 폴뤼데우케스가 이들이

로마 제국의 중심지였던 카피톨리움 언덕의 양 옆에 쌍둥이 영웅 카스토르와 폴뤼데우케스의 대리석상이 서 있다. 이 쌍둥이 영웅은 '디오스쿠로이', 즉 '제우스의 아들들'이라고도 불린다.

다. 로마 시대 사람들은 이 둘을 통틀어 '게미니(Gemini)', 즉 쌍둥이라고 불렀다. 이들은 사후에 하늘의 별자리로 붙박이게 되는데 이 별자리가 바로 '쌍둥이자리'다. 1960년대에 시작된 미국의 유인 위성 계획 '제미나이 플랜'에 이 이름이 붙은 것은 위성이 태울 사람의 수가 두 명이었기 때문이다. 그런데 이 쌍둥이 장군의 휘하에는 마라토스라는 부하가 있었다. 마라토스는, 전쟁에 이기려면 군대 앞에서 스스로 목숨을 끊는 장군이 있어야 한다는 신탁에 따라 한 벌판에서 스스로 목숨을 끊어 쌍둥이 장군의 승리에 결정적으로 이바지한 사람이다. 쌍둥이 장수는 마라토스가 자결한 벌판을 '마라톤'이라고 부르게 했다. 마라톤은 페르시아 군과의 전쟁 당시 아테나이 진중에서 뜀박질을 제일 잘하던 병사 페이디피테스 때문에 명소가 된 곳이다. 그가 여기에서 싸우다가 아테나이 성까지 달려가 "기뻐하시오, 우리가 이겼소." 하고 외치고는 숨을 거둔 사건으로 인류의 스포츠 역사에 그 이름을 날리게 되는 것이다. 따라서 아테나이 성문에서 마라톤 평야까지의 거리는 42.195킬로미터가 된다.

이 쌍둥이 장수가 명명(命名)한 역사적 명소가 또 한 군데 있다. 아카데모스라는 사람의 공을 기려 그의 고향에다 붙여 준 아카데메이아 (Academeia), 즉 '아카데모스의 마을'이 그곳이다. 아테나이 근교에 있는 아카데메이아는 뒷날 플라톤이 이곳에 세운 철학 강원(哲學講院) '아카데메이아'를 통하여, 인류의 지성사(知性史)에 이름을 날리게 된다. '아카데미즘'은 '아카데메이아의 정신'이다.

플루타르코스는 다만 테세우스가 이 황소를 붙잡아 아테나 여신께 제물로 바쳤다고만 기록하고 있을 뿐, 이 황소를 제압하는 데 썼던 손 기술과 발 기술을 구체적으로 전하고 있지는 않다.

미궁으로 들어가다

테세우스가 해결해야 할 또 하나의 문제는 이 황소 때문에 생긴 외교 문제였다. 테세우스가 당도하기 이전에, 강대한 섬나라 크레타의 왕자 안드로게오스가 아테나이를 방문했다가 이 황소의 뿔에 목숨을 잃은 일이 있다. 이 때문에 당시의 아테나이는 강대국의 으름장 앞에서 맺은 불리한 조약에 따라 크레타에 해마다 일곱 쌍의 선남선녀를 조공하고 있었다. 마라톤의 황소가 제거된 뒤로도, 크레타는 이 조약을 폐기하려 하지 않았다.

아테나이에는 나무 막대기를 이용해서 제비를 뽑는 풍습이 있었는데,

음란한 왕비 파시파에는 황소에게 음욕을 품고는 손재간 좋기로 유명한 장인(匠人) 다이달로스에게 대책을 강구하게 했다. 다이달로스는 속이 빈 나무 암소를 만들고는 파시파에 왕비를 그 속으로 들어가게 했다. 파시파에가 그 속으로 들어가 황소의 씨를 받고 자식을 지어 내니 그 모양이 어떻겠는가? 16세기 이탈리아 화가 줄리오 로마노의 그림. 암소의 생식기와 젖이 매우 불량해 보인다.

테세우스는 제비뽑기를 사양하고 크레타행을 자청했다. 제비뽑기를 통해 뽑힌 선남선녀들은 크레타의 괴물 미노타우로스의 먹이가 되어야 했다.

그렇다면 미노타우로스라는 괴물의 정체는 무엇인가? '미노타우로스'라는 말은 당시의 크레타 왕인 '미노스의 황소'라는 뜻이다. 포드 회사의 자동차 이름 '토러스(Taurus)'는 이 타우로스의 미국식 발음이다.

이 괴물의 내력은 이렇다. 크레타 왕비 파시파에는 매우 음탕한 여자였다. 왕비는 궁중에서 기르던 아주 잘생긴 황소를 보고는 욕정이 생겨 다이달로스에게, 어떻게 황소와 정을 통해 볼 방법이 없겠느냐고 통사정했다. 그

미궁 속의 반우반인(半牛半人) 미노타우로스와 영웅 테세우스. 『세상에 존재하지 않는 것들의 백과사전』에 나오는 로버트 잉펜의 삽화.

러자 손재주 좋기로 이름난 다이달로스는 속이 빈 나무 암소를 만들고 왕 비에게 그 안에 들어가 자세를 잘 잡으면 좋은 수가 생길 것이라고 했다. 아 테나이인들은 대체 나무로 무얼 만드는 데 재주가 있었던 모양인가. 뒷날 트로이아의 목마를 만든 것도 아테나이인들이다.

왕비가 이 나무 암소 속에 들어가 황소와 화끈하게 정을 통한 것까지는 좋았는데, 태기가 있어서 달을 채워 낳아 보니 몸통만 사람일 뿐 머리는 소 대가리인 괴물이었다.

졸지에 황소 때문에 삼씨 오쟁이를 진 미노스 왕은 해괴한 사통(私通)의 원인 제공자 다이달로스에게 감옥을 만들게 했다. 들어가면 아무도 빠져나올 수 없는 감옥, 심지어는 꿈도 거기에서 빠져나오는 꿈은 꾸지도 못하게 할 감옥이어야 했다. 이 감옥의 이름이 바로 지금은 '미궁'이라는 뜻으로 쓰이는 '라뷔린토스'이다. 미노스는 다이달로스를 이 감옥에 가두었다. 그러나 다이달로스는, 우리가 잘 알고 있듯이 아들 이카로스와 함께 날개를 만들어 달고는 훨훨 날아 이 감옥을 탈출했다. 그 이후로 라뷔린토스는 괴물 미노타우로스를 가두는 감옥 노릇을 하고 있었다.

불행하게도 운명의 제비뽑기를 통해 뽑힌 일곱 쌍의 처녀 총각들은 미궁

테세우스(가운데)와 아리아드네(오른쪽), 그리고 파이드라. 아리아드네와는 이복 자매간인 파이드라는 뒷날 테세우스의 아내가 되어, 전처소생 히폴뤼토스를 유혹한다. 16~17세기 이탈리아 화가 베네데토 겐나리(Benedetto Gennari)의 그림.

아리아드네가 건네준 실 끝을 쥐고 미궁으로 들어가
는 테세우스. 1920년에 나온 신화집 『탱글우드 이
야기』의 삽화.

으로 들어가 괴물 미노타우로스와 싸워야 한다. 싸워서 지면 괴물의 먹이가 되어야 하지만 이기면 살아서 돌아올 수도 있다. 하지만 몇 차례나 선남선녀들이 떠났지만 살아 돌아온 자가 없었다.

테세우스는 크레타로 떠나기 전에 먼저 아폴론 신전을 찾아가, 양털로 묶은 올리브 가지를 바쳤다. 올리브 가지는 탄원의 상징이자 평화와 화해의 상징이기도 하다. 그리스도가 감람산(Olive Garden)에서 마지막 기도를 올린 것, 노아의 홍수 끝 무렵에 비둘기가 올리브 가지를 물고 노아를 찾아온 것은 우연이 아니다. 올리브 가지는 평화와 동의어다. '화해를 구한다.'라는 말을 멋스럽게 '올리브 가지를 내민다.'라고 하는 것은 이 때문이다.

테세우스가 선남선녀들을 이끌고 검은 돛을 단 배를 타고 뱃길에 오르는 날, 아이게우스 왕은 선장에게 흰 돛 한 장을 넘겨주면서 이런 말을 했다.

"크레타로 갔다가 돌아와 항구로 들어올 때 내 아들이 무사하면 이 흰 돛을 달되, 뜻과 같지 못하면 검은 돛을 그대로 달고 들어오너라."

두고 볼 수밖에 없는 일이지만, 이런 종류의 신화를 읽으면서, 선장이 돛대를 갈아 달 것이라고 믿는 독자는 거의 없을 것이다.

하지만 테세우스가 향하는 적국 크레타에는 정복자 미노스 왕과, 들어가면 아무도 살아 나올 수 없는 라뷔린토스와, 사람 고기를 먹고 사는 무서운 괴물 미노타우로스만 있는 것이 아니다. 크레타에는 적국의 왕자 테세우스에게 첫눈에 반해 버리게 되는 아름다운 공주 아리아드네가 있다.

미노스 왕은 현명하지 못했다. 그 까닭은 이렇다.

타포스 섬나라의 왕 프테렐라오스는 인간은 인간이되 영생 불사하는 인간이었다. 신들이 내려준 금발에서 무한한 힘이 솟아 나오는 까닭에 신이 아닌 인간은 아무도 그를 죽일 수 없었다. 그러나 불행하게도 그에게는 적

테세우스의 한살이를 표현한 모자이크. 모자이크된 미로의 중심에 테세우스가 미노타우로스를 죽이는 장면이 놓여 있다.

테세우스가 미궁을 무사히 빠져나오자 미노스 왕은 미궁의 설계자 다이달로스를, 아들 이카로스와 함께 바로 이 미궁에다 가두어 버린다. 다이달로스 부자는 미궁에서 날개를 만들어 달고 하늘을 날아 미궁을 빠져 나온다. 하지만 아들 이카로스는 너무 높이 날아올랐다가 날개를 만든 밀랍이 녹는 바람에 추락하고 만다. 추락하는 것에는 날개가 있다? 18세기 프랑스 화가 찰스 랜던의 그림.

장 암피트뤼온에게 반해 버린 딸 코마이토가 있었다. 코마이토는 '빛나는 머리카락'이라는 뜻이다. 공주는 조국을 택할 것인지 사랑을 택할 것인지 번민하다가 결국 그 금발을 잘라 버림으로써 아버지로 하여금 적장의 칼날에 이슬이 되게 했다. 미노스 왕이 이것을 알고도 딸을 단속하지 않았으니 현명하지 못한 것이다.

테세우스를 독살하려던 독부 메데이아가 누구던가? 적장 이아손에게 홀딱 반해 조국을 택할 것인지 사랑을 택할 것인지 번민하다 결국 아버지의 목숨과 나라를 이아손에게 바쳤던 여자다. 미노스 왕이 이것을 알고도 딸을 단속하지 않았으니 두 번 현명하지 못한 것이다.

호동왕자와 낙랑공주 이야기야, 시대가 다르고 나라가 다르니 미노스가 알았을 턱이 없다. 적국의 왕자 호동에게 홀딱 반한 나머지 조국의 보물인 자명고(自鳴鼓)를 찢음으로써 나라의 비상경보 체제를 일거에 마비시킨 비련의 낙랑공주 이야기를 몰랐던 것은 미노스의 잘못이 아니다.

하지만 메가라를 공격할 당시 미노스 자신도 경험한 일이 아니던가? 메가라 왕 니소스의 머리에는 자줏빛 털이 한 줌쯤 나 있었는데, 이 털이 머리에서 자라고

낙소스 섬에서 잠든 아리아드네. 가족과 나라를 버리고 사랑을 따라 길을 나선 아리아드네는 테세우스의 배를 타고 함께 그의 왕국으로 향한다. 하지만 잠시 정차한 낙소스 섬에서 아리아드네가 잠들자 그 틈에 테세우스는 홀로 섬을 떠난다.

낙소스 섬에 남은 아리아드네와, 포도주의 신 디오뉘소스. 바라를 든 광신도, 몸에 뱀을 두른 사내, 허리에
포도 덩굴을 감은 사튀로스가 포도 덩굴 관을 쓴 주신(酒神)의 뒤를 따르고 있다. 16세기 이탈리아의 화가
베첼리오 티치아노의 그림.

있는 한 아무도 그를 죽일 수 없었다. 그러나 왕의 딸 스퀼라는 적장 미노스
에게 반한 나머지 그 머리카락을 잘라 미노스에게 바침으로써 아버지의 목
숨과 나라를 함께 바친 처녀다. 스스로 겪어 보고도 미노스가 딸을 단속하
지 않았으니 세 번 현명하지 못한 것이다.

　일곱 쌍의 선남선녀가 라뷔린토스 속으로 들어가기 전날 밤, 잠을 이루
지 못하고 있던 테세우스는 귀한 손님을 맞았다. 테세우스의 늠름한 모습

디오뉘소스와 아리아드네. 낙소스 섬에 버려진 아리아드네는 디오뉘소스를 만나 그의 아내가 된다. 훗날 아리아드네가 늙어 죽게 되자 디오뉘소스가 선물한 왕관을 하늘로 던져 북쪽왕관자리가 탄생했다고 한다. 기원전 3세기에 만들어진 포도주 병의 돋을새김.

에 반해 며칠 밤잠을 설치다 마침내 은밀하게 찾아온 공주 아리아드네였다.

미궁이 무엇인가? 미혹이다. 미혹을 깨뜨리는 것은 무엇인가? '앎'이다. 공주에게 라뷔린토스는 미궁이 아니었다. 설계자인 다이달로스로부터 일찍이 길 찾는 방법을 배웠기 때문이다. 공주에게는 미노타우로스도 미지의 괴물이 아니었다. 비록 괴물 형상을 하고 있기는 하나 미노타우로스와는 어머니 파시파에의 탯줄을 나눈 남매지간이었기 때문이다. 그날 밤 테세우스가 공주로부터 받은 것은 칼 한 자루와 실타래 하나, 공주가 테세우스로부터 받은 것은 사랑의 약속과 아테나이의 왕비 자리였다.

날이 밝자 테세우스 일행은 크레타 기병의 창끝에 쫓기며 라뷔린토스로 들어갔다. 테세우스는 실타래에서 풀어낸 실 끝을 입구의 한 곳에 묶고는 살살 풀면서 안으로 들어갔다. 공주로부터 받은 칼로 미노타우로스를 쳐죽이고 나올 때는 그 실 끝을 잡고 살살 당겨 실타래에 되감으면서 나왔다.

고대 그리스의 비극시인 에우리피데스가 "황소와 인간의 본성이 어울린 해괴한 물건"이라고 읊은 것을 보면 미노타우로스는 사람의 속에 깃든 수성(獸性)이었던 것인가? 신화학자 조셉 캠벨에 따르면 아리아드네의 실타래는 "상상력이라는 이름의 밭에서 거두어 훑고 간추리고 삼아 낸 한 타래의 삼실(麻絲)"이다.

어리석기는 아리아드네도 그 아비 미노스와 마찬가지다. 적장에 홀딱 반해 아버지의 금발을 자른 코마이토가 그 사랑을 차지했던가?

아니다.

이아손에게 홀딱 반해 아비의 목숨과 나라를 바친 메데이아가 마침내 이아손의 사랑을 차지했던가?

아니다.

미노스에게 홀딱 반해 아버지의 자줏빛 머리카락을 자른 스퀼라가 미노스의 사랑을 차지하는 데 성공했던가?

아니다.

그러면 아리아드네는? 아리아드네도 테세우스의 사랑을 차지하지 못했다. 테세우스로부터 버림받은 것이 아니라면, 아리아드네는 운명으로부터 버림을

판아테나이아 경기의 승리자에게 주어졌던 항아리. 머리에는 투구를 쓰고 손에는 창과 방패를 든, 아테나이의 수호 여신 아테나가 그려져 있다. 대영박물관 소장.

아마존과 아테나이의 전쟁. 17세기 플랑드르의 화가 페테르 루벤스의 그림. 뮌헨 알테피나코테크 소장.

아마존 용사와 아테나이 용사
의 사투. 기원전 4세기 석관
부조의 일부.

받은 것이다. 먼저 상륙한 아리아드네가 낙소스 섬에서 낮잠을 자고 있는 동안 풍랑이 테세우스의 배를 난바다로 밀어 보낸 것이다.

테세우스의 아버지 아이게우스는 날이면 날마다 '높이 솟은 터(Acropolis)'에 올라가 배가 들어오기를 기다렸다. 테세우스가 탄 배의 선장은 검은 돛을 흰 돛으로 갈아 달지 못했다. 항구로 들어오는 귀환선의 돛이 여전히 검은 돛인 것을 안 아이게우스는 바다에 몸을 던졌다. 테세우스가 희생되었다면 살아 있어도 곧 아우 팔라스에게 죽을 목숨이었기 때문이다. 아이게우스가 몸을 던졌다고

부상당한 아마존. 6세기 그리스 대리석상의 로마 시대 복제품. 대영박물관 소장.

해서 그 바다는 그때부터 '아이게우스의 바다'라고 불린다고 한다. 우리는 지금도 이 바다를 '에게 해(Aegean Sea)'라고 부른다.

최초의 민주주의자 테세우스

아버지 아이게우스의 뒤를 이어 아테나이의 왕이 된 테세우스는 델포

이로 사람을 보내어 예언의 신 아폴론의 뜻을 받아 보게 했다. 신탁은 이러했다.

"가죽 부대는 파도가 밀려와도 능히 바다를 건너는 법이거니."

요컨대 어려움이 있을지언정 나라가 망하는 일은 없으리라는 뜻이다. 뒷날 예언자 시뷜레가 아테나이의 장래를 두고 한 예언은 훨씬 간결하다.

"가죽 부대는 물에 젖을지언정 가라앉지는 않나니."

아리스토텔레스에 따르면 테세우스는, 혼자서(monos) 통치하는 (kratein) 군주제(monarchism)를 포기하고, 민주주의(democratism)를 지향한 최초의 통치자였다. 말하자면 인민(demos)의 힘(kratos)을 바탕으로 나라를 다스린(kratein) 최초의 민주주의자(Democrat)였던 것이다.

테세우스는 그때까지만 해도 흩어져 있던 아티카 지방 주민을 아테나이로 통합하여 하나의 통일 국가를 만들기도 했다. 아테나이 시민이 두루 누릴 통일된 명절도 그가 제정했으니 이것이 바로 범(汎)아테나이 명절인 '판아테나이아(Panathenaia)'이다. '범국민운동', '범아시아적(Pan-Asian)' 할 때의 '범'은 바로 이 '판(pan)'을 음역(音譯)한 말이다.

테세우스 치세에, 흑해 연안의 호전적인 여인족(女人族) 아마존이 아테나이를 침략해 온 일이 있다. '아마존(Amazon)'이란 말은 '무(a) 유방(mazos) 족속', 즉 젖이 없는 여자들로만 이루어진 족속이라는 뜻이다. 사내아이는 태어나는 족족 죽이고 여자아이만을 키운다는 이 종족이 이런 이름을 얻은 것은 활쏘는 데 방해가 된다고 유방을 잘라 버리는 잔혹한 풍습을 좇고 있었기 때문이라고 한다. 이때 테세우스는 아마존 족을 격퇴하고 그 여왕인 안티오페를 사로잡아 아내로 삼았는데 여기에서 난 아들이 바로 히폴뤼토스(Hippolytos)다. '히폴뤼테', 즉 '설치는 암말'이라는 뜻의 아마존 족 언어에서 따온 이름이라는 일설이 있다. '히포(hippo)'로 시작되는 그리스 단어는 대개 '말(hippos)'과 인연이 있다. 라틴어의 '에쿠우스(equus)'가 여기에 해당한다. 에쿠우스(말)를 탄 사람은 이퀘스트리안(equestrian), 페데스(발)로 걷는 사람은 피데스트리안(pedestrian)이다. 그런데 이 말들은 길에서 말(馬)이 사라진 오늘날에는 각각 운전자, 보행자라는 뜻으로 쓰인다.

『히폴뤼토스』를 패러디한 영화 「페드라」의 한 장면. 정력적인 부호와 젊은 아내, 그리고 부호의 아들 사이의 삼각관계를 그린 영화다.

영웅의 최후

테세우스는 안티오페가 세상을 떠나자 파이드라를 새 아내로 맞아들였다. 플루타르코스는 파이드라에 대해서는 별로 소상하게 쓰

파이드라 역할을 맡은 그리스 배우 멜리나 메리쿠리와, 히폴뤼토스 역을 맡은 미국 배우 앤소니 파킨스.

고 있지 않다. 영웅의 이미지를 훼손하고 싶지 않았던 것일까? 그런데 재미있는 것은 1960년대의 프랑스 영화 「페드라(Phaedra)」가 테세우스의 말년을 짐작하는 데 필요한 단서를 제공한다는 점이다. 17세기 프랑스의 극작가

『히폴뤼토스』의 작가 에우리피데스. 그리스의 마지막 비극 작가로 불린다.

장 라신의 희곡 「페드르(Phédre)」를 기둥 줄거리로 삼아 줄스 다신이 찍은 현대판 「페드라」의 줄거리는 이렇다.

나이가 많은 그리스의 선박 왕 거부가 젊고 매력적인 여인을 후처로 맞아들인다. 선박 왕에게는 전처소생인 아들이 있다. 대학에서 경제학을 공부하는 이 청년은 스포츠카와 그림에만 관심이 있을 뿐, 여자에게는 초연하다. 그런데 선박 왕의 후처가 젊은 의붓아들에게 사랑을 느끼는 순간부터 복잡한 근친상간성 삼각관계가 이루어진다. 아들과 갈등하던 아버지는 결국 아들을 폭행하고, 새어머니에 대한 사랑 때문에 죄의식을 견디지 못하던 아들은 결국 스포츠카를 몰아 절벽으로 돌진한다. 스포츠카가 떨어진 바다 위로 그의 외마디 절규가 남는다. 아들은 새어머니 페드라의 이름을 부르면서 자결한 것이다.

라신의 희곡 「페드르」의 어미그루가 되는 작품은 그리스 고전 비극 『히폴뤼토스』이다. 미노타우로스를 묘사할 때는 비극작가 에우리피데스를 잘도 인용하던 플루타르코스가 이 대목에서는 이 작가의 비극 『히폴뤼토스』를 조금도 언급하지 않은 것은 이상하다. 테세우스의 후처 파이드라와, 전처소생 사이의 불륜의 사랑을 다룬 『히폴뤼토스』의 내용은 다음과 같다.

파이드라는 미노스 왕의 딸이다. 따라서 테세우스에 의해 낙소스 섬에 유기(遺棄)된 아리아드네와는 자매간이 된다. 파이드라는 아름답기도 하거니와 개성과 자존심이 몹시 강한 여자다. 이런 여자가 테세우스의 후처로 들어와 전처소생인 히폴뤼토스에게 한눈에 반하고 말았으니 그것만으로 벌써 자존심에 큰 상처를 입었을 법하다. 잘생긴 종마(種馬) 같은 히폴뤼토스 때문에 상사병에 걸린 파이드라는 식음을 전폐하다시피 하고 하루가 다르게 여위어 간다. 그러나 파이드라는 자존심 때문에 전처소생에게 불륜의 사랑을 고백하지 못한다. 이를 보다 못한 시녀가 파이드라에게, 자존심도 자존심이지만 목숨이 걸린 문제이니 한번 진정이라도 전해 보는 것이 옳지 않겠느냐고 간청한다. 파이드라는 자존심을 꺾고, 애절한 사랑의 사연을 적어 히폴뤼토스에게 보낸다.

히폴뤼토스의 반응은 냉담하다. 그는 다음과 같은 야멸친 말 한마디를

루벤스가 그린 「히폴뤼토스의 죽음」. 바다 괴물들이 히폴뤼토스의 마차를 덮치고 있다.

남기고는 아테나이를 떠나 외조부의 나라 트로이젠으로 마차를 몬다.

"더러운 말을 귀에 담고 싶지 않고, 더러운 피로 대를 물리고 싶지 않소."

히폴뤼토스의 반응을 접한 파이드라는 테세우스 앞으로 히폴뤼토스를 무고(誣告)하는 유서를 쓴 다음, 잠옷을 갈가리 찢고는 알몸으로 자결한다. 패륜아에게 욕보일 수 없어서 목숨을 끊는다는 것이 유서의 내용이다.

후처의 유서를 믿은 테세우스는 바다의 신 포세이돈에게 복수를 대신해 줄 것을 빈다. 포세이돈은 히폴뤼토스에게 바다의 괴물을 보내고, 히폴뤼토스가 몰던 말은 괴물에게 쫓기다 고삐가 올리브 가지에 걸리면서 허공으로 솟구친다. 히폴뤼토스는 말고삐에 감긴 채 질질 끌려가다가 숨을 거둔다.

에우리피데스가 기록한 히폴뤼토스의 최후는, 아버지를 배신한 다윗 왕의 셋째 아들 압살롬의 최후를 떠올리게 한다.

"압살롬은 노새를 타고 울창한 상수리나무 밑으로 빠져 나가다가 머리가 나뭇가지에 걸리고 말았다. 타고 가던 노새는 그대로 달아나 버리고 압살롬은 공중에 매달려 있었다."(구약성서 「사무엘하」 18장 9절)

영웅에게는 상승과 하강의 주기가 있다. 욱일승천하던 영웅도 때가 되면 쓰러진다. 외부의 적에 의해 쓰러지기도 하고 내부에서 싹트는 '휘브리스(Hybris)', 즉 '오만'에 휘둘리다 쓰러지기도 한다. 오만이 부주의를 부추기는 것이다.

떠돌이 영웅 페이리토스가 아테나이로 온 것은 테세우스가 후처 파이드라를 잃은 직후의 일이다. '페이리토스'는 '걸어서 다니는 자'라는 뜻이다.

테세우스를 위로하느라고 페이리토스가 한 제안이 엉뚱했다.

"제우스 신의 딸이 절색이라고들 하네. 쌍둥이의 누이 말일세. 이 처녀를

'헬레네의 납치'라는 제목이 붙은 15세기 이탈리아 화가 베노초 고촐리의 그림. 런던 국립 미술관 소장.

데려다 놓고 제비를 뽑아 우리 둘 중 하나가 차지하기로 하세. 연후에 이 처녀를 차지하지 못한 사람을 위해 둘이서 또 제우스의 딸 중에서 신붓감을 찾아 나서기로 약속하면 어떤가?"

쌍둥이라면 스파르타의 범 같은 장수 카스토르와 폴뤼데우케스, 그 누이라면 헬레네다. 뒷날 토로이아 전쟁의 불씨가 되는 절세미녀가 바로 이 헬레네다. 둘은 스파르타로 떠났다. 이때 이미 테세우스는 언감생심 제우스의 딸을 납치할 마음을 먹을 정도로 오만해져 있었다.

테세우스와 페이리토스는 헬레네를 붙잡아 테게아 땅으로 도망쳐 제비를 뽑았다. 테세우스 차지였다. 그러나 테세우스는 쉰 살 중늙은이인 데 견주어 헬레네는 겨우 열두 살이었다. 테세우스는 쌍둥이 장군의 복수가 두렵기도 하고 헬레네가 너무 어리기도 해서 아테나이로 데려가는 대신 친구에게 맡겨 두고 나이가 찰 때까지 기다리기로 했다. 범 같은 쌍둥이 장수가 군사를 이끌고 헬레네를 찾아 그리스 반도를 뒤진 것은 이즈음의 일이다. 헬레네 있는 곳을 쌍둥이 장수에게 귀띔해 준 사람이 바로 앞에서 말한 아카데모스다. 쌍둥이 장수는 아카데모스의 공을 기려, 아테나이 근방에 있는 그의 고향을 '아카데메이아'로 명명하고, 아테나이를 치되 절대로 이 마을만은 다치지 않도록 했다. 후일 플라톤이 여기에다 학교를 세우고 철학을 강의하면서부터 이 땅은 온 세상에 이름을 떨치게 된다.

그러나 두 오만한 납치범들은 헬레네가 오라비들 손에 이끌려 스파르타로 돌아갔다는 사실을 알지 못했다. 페이리토스는 테세우스에게, 약속대로 이번에는 자기 신붓감을 찾으러 가자고 졸랐다. 둘은 일단 그렇게 하기로 합의하고 에피로스에 있는 제우스 신전으로 올라가 신의 뜻을 물어보기로 했다. 아폴론이 맡겨 놓은 뜻은 델포이 신탁(Delphic Oracle)이라고 불리지만 제우스가 맡겨 놓은 뜻은 도도나 신탁(Dodonean Oracle)이라고 불린다. 델포이 신탁은 신전 제니(祭尼)의 입을 통해 나오는 데 견주어 도도나 신탁은 '도도나(Dodona)', 즉 '말하는 참나무'의 잎 사그락거리는 소리를 통해 전해진다. 그리스의 신단수였던 셈인가. 그런데 제우스의 뜻이 짓궂었다.

"내 딸 중에서 기중 아름다운 아이는 페르세포네다. 지금은 저승 왕 하데스의 아내로 있으니 가서 졸라 보아라."

테세우스와 페이리토스가 저승에 이르렀을 때 저승 왕 하데스는 그들에게 산 사람이 저승에는 왜 왔느냐고 물었다. 페이리토스가 넉살 좋게 대답

저승 왕의 보좌에 앉아 있는 하데스와 그의 아내 페르세포네. 18세기 프랑스 화가 장 레스투의 그림.

했다.

"제우스 대신(大神)의 사위가 되기를 소원하다가 신탁을 여쭈었더니 하데스 신을 찾아가 페르세포네 님을 졸라 보라고 하더이다."

저승 신 하데스는 이 얼토당토않은 생떼에 기가 막혔던지 참으로 오래간만에 웃었다.

"내 아내? 데리고 갈 때 가더라도 우선 걸상에 좀 앉도록 하라."

둘은 뜻밖의 환대에 별 생각 없이 저승 왕이 권하는 대로 걸상에 앉았다. 하지만 그 걸상은 예사로운 걸상이 아니었다. 망각의 강 레테를 건너 저승으로 들어오고도 한이 깊어서 이승의 일을 잊지 못하는 망령을 위해 마련되어 있는 망각의 걸상, 추억의 해독제 같은 걸상이었다. 두 사람은 거기에 앉는 순간 이승의 일을 깡그리 잊었다.

헤라클레스가 저승을 지키던 삼두구(三頭狗), 즉 머리가 셋인 번견(番犬) 케르베로스를 잡으러 온 것은 이즈음의 일이다. 헤라클레스는 이승의 일을 깡그리 잊고 걸상에 엉덩이를 붙이고 있는 테세우스를 우격다짐으로 번쩍

테세우스의 일대기를 한 화면에 그린 15세기의 이탈리아 벽화. 오른편에 미궁과 미노타우로스, 그리고 미궁 밖에서 테세우스를 기다리는 아드리아드네가 그려져 있다.

들어올렸다. 그 순간 엉덩이를 걸상에 붙여 두고자 하는 저승 왕 하데스의 권능과 기어이 떼어 내고자 하는 이승의 영웅 헤라클레스의 완력이 팽팽하게 대립했다. 하지만 헤라클레스가 누구던가? 결국 영웅의 승리였다. 테세우스는 엉덩이 살을 고스란히 뜯긴 채로 걸상에서 떨어졌다. 무작한 북방 사람들이 이지적인 아테나이 사람들을 '뾰족 궁둥이'라고 부르는 것은 그들의 선조 테세우스가 이때 엉덩이 살을 망각의 걸상에 털렸기 때문이라고 한다.

왕좌에서 실각한 테세우스는 스퀴로스 섬에서 식객 노릇을 하다가 스퀴로스 왕의 발길에 복장을 걷어차여 벼랑 아래로 떨어져 죽었다. 소싯적의 테세우스에게 복장을 차여 벼랑 아래로 떨어져 죽었던 스퀴론처럼 테세우스 자신도 그렇게 죽었다.

영웅은, 오늘 순교자가 되어 자신을 십자가에 매달지 못하면 내일 폭군이 되어 거적때기 신세로 전락한다는 말이 있다. 영웅이 폭군 되기를 면하는 길은 순교자가 되는 길밖에 없다는 영웅 신화의 메시지가 문득 섬뜩하다.

세계의 지배자
알렉산드로스

백성의 수호자 알렉산드로스

　많은 독자들로부터, 그리스 신화나 영웅전을 읽으려면 인명이 헛갈려 애를 먹는다는 하소연을 듣는다. 그럴 수밖에 없는 것이, 그리스 원명이 따로 있고, 이것이 라틴어로 번역되면서 끄트머리가 한 차례 바뀌고, 이것이 영어로 번역되면서 영어식으로 또 한 차례 축약되기 때문이다. 이 기회에 간단하게 밝혀 두거니와, 그리스 고유 명사는 대개가 '-오스(os)'로 끝난다. 그러나 이런 이름의 어미는 라틴어로 번역되면서 '-우스(us)'로 변한다. 부자 지간인 아테나이 사람 다이달로스(Daidalos)와 이카로스(Icaros)의 이름이 로마 시대에 라틴어로 번역되면서 각각 다이달루스(Daedalus), 이카루스

알렉산드로스의 인도 정복 이후 이루어진 헬레니즘 왕국 건설은 인도 미술에 엄청난 영향을 미쳤다. 그림의 보살상은 그리스의 신상과 너무나 흡사하다.

(Icarus)로 바뀌는 것이 좋은 보기다.

그리스어 이름의 '-오스(os)', 라틴어 이름의 '-우스(us)'는 영어로 번역되는 과정에서 '-어(er)'로 바뀌는 예도 허다하다. 대표적인 예가 정복자 '알렉산드로스'가 '알렉산더', 서사시인 '호메로스'가 '호머'가 되는 경우이다. 따라서 우리가 '알렉산더 대왕'이라고 부르는 마케도니아의 정복자 이름은, 지금부터라도 제대로 불러 보자면 '알렉산드로스'가 된다. '알렉산드로스(Alexandros)'라는 말은 '수호하다(alexein)'라는 말과 '백성(andros)'이라는 말의 합성어다. 즉, 백성의 수호자라는 뜻이다.

기원전 4세기 사람인 이 알렉산드로스가 우리의 귀중한 문화유산인 불교 미술과 밀접한 관계가 있다는 사실은, 모르는 사람보다 아는 사람이 더 많을 것이다. 그 경위는 이렇다. 알렉산드로스가 인더스 강 중류의 간다라 지방을 정복한 일이 있다. 그런데 기원전 3세기경부터 이곳으로 전파된 불교 문화와, 알렉산드로스 대왕의 군대와 함께 동진(東進)한 헬레니즘 문화가 이곳에서 융합하여 간다라 문화라고 불리는 양식(樣式)이 독특한 문화

왕관을 쓰고 옥좌에 앉아 있는 미다스 왕. 15세기 이탈리아 화가 산드로 보티첼리의 그림.

를 꽃피운다. 미술사가들에 따르면 우리나라나 일본의 불교 미술도 이 영향권에 속한다고 한다. 『그리스 문명의 탄생』을 쓴 프랑스인 피에르 레베크는 1세기경 간다라에서 조성된 불상이 그리스의 무신(巫神) 아폴론을 빼다 박은 데 충격을 받았다고 고백하고 있다.

『삼국유사』가 전하고 있는 신라 경문왕의 저 유명한 '임금님 귀는 당나귀 귀' 전설도 간다라 문화와 함께 전해진 것일까? 그리스 신화에도 경문왕 전설과 똑같은 당나귀 귀 이야기가 있다. 바로 프뤼기아 왕 미다스가 그 전설의 주인공이다. 이 미다스는 황금을 어찌나 좋아했던지 손으로 만지는 것은 모두 황금이 되게 해 달라고 주신(酒神) 디오뉘소스에게 빌었다가 소원이 성취되는 바람에 혼이 난 사람이기도 하다. 손으로 만지는 족족 황금이 되는 것은 좋은데, 사랑하는 딸의 손을 잡자 딸까지도 황금상으로 변하고,

17세기 프랑스 화가 니콜라 푸생이 그린 「디오뉘소스 앞의 미다스」. 붉은 망토를 걸친 디오뉘소스 왼쪽에,
술 취해 끓아떨어진 스승 실레노스가 있다.

미다스 왕은 뭐든지 손대는 족족 황금이 되어 버리는 바람에 곤욕을 치르다, 디오뉘소스를 찾아가 '마법의 손'이 지닌 권능을 없애 줄 것을 빈다. 미다스는 디오뉘소스가 시키는 대로 파크톨로스 강에서 손을 씻고서야 여느 인간으로 돌아온다. 그림은 니콜라 푸생의 「파크톨로스 강에서 손을 씻는 미다스」.

사과를 먹으려고 손을 대자 그것조차도 황금 사과로 변하는 바람에 쫄쫄 굶게 되었던, 부자의 대명사로 불리는 사람이다. 돈 잘 버는 사람의 수완을 '미다스의 손'이라고 할 때의 미다스가 바로 이 사람이다. '돈'이라는 말을 입에 올리기 좋아하지 않는 영어권의 점잖은 사람들은 '그 사람 돈 잘 번다.'라는 말 대신에 '그 사람 손은 미다스 손이다.'라고 한다. 영어식으로 읽으면 '미다스'는 '마이다스'가 된다.

그렇다면 우리의 주인공 알렉산드로스는 어떤 인물이었는가?

미다스 왕의 아버지는 프뤼기아의 전설적인 선군(善君) 고르디오스다. 정

알렉산드로스 대왕은 신들과 신인(神人)들이 사라진 시대에 영웅의 모습으로 등장한 위대한 인간이었다. 그에 대한 신격화가 끊임없이 시도된 것은 살아 있는 신화에 굶주린 시대상을 반영하는 듯하다. 사진은 아크로폴리스에서 발견된 젊은 알렉산드로스의 두상.

복전 초창기에 알렉산드로스가 프뤼기아를 쑥대밭으로 만들고 수도 고르디온에 이르렀을 때의 일이다. 광장에는 요상한 전차가 한 대 서 있었다. 겉보기에는 여느 전차와 다름없었는데, 그 끌채에는 산수유나무 껍질로 만들어진 밧줄이 무수히 매듭진 채로 감겨 있었다. 고르디온 시민은 그 밧줄의 매듭을 '고르디오스의 매듭'이라고 불렀다. 고르디온 시민들은, 매듭을 푸는 자가 신들의 뜻에 따라 장차 세계의 왕이 될 것이라고 한 고르디오스의 예언을 믿는다고 했다. 그들은, 매듭에 도전한 사람은 많았지만 매듭 풀기의 단서가 되는 밧줄의 끄트머리 위에 또 밧줄이 감겨 있어서 마침내 성공한 사람이 없었다는 말도 전했다. 알렉산드로스는 여느 사람들처럼 밧줄의 끄트머리를 찾느라고 시간을 허비하지 않았다. 그는 칼을 뽑아 매듭을 툭툭 쳐서, 말하자면 쾌도난마(快刀亂麻)의 기세로 명쾌하게 매듭을 모두 잘라 버렸다. 이 일이 있고 난 뒤부터 '고르디오스의 매듭'이라는 말은 '풀기가 매우 어려운 문제'의 대명사가 된다. 케네디가 쿠바를 침공함으로써 미국의 코밑에 설치된 러시아 미사일 문제를 화끈하게 해결했을 때 신문은 '그가 고르디오스의 매듭을 잘랐다.'라고 극찬했다. 매듭을 뜻하는 '노트(knot)'는, 바닷사람

알렉산드로스 대왕의 아버지 필리포스 2세의 두상. 테살로니키 국립 박물관 소장.

들이 매듭진 밧줄을 바다에 띄워 배의 속도를 측정하는 데 쓰이면서 결국은 거리 측정 단위가 되기도 한다.

알렉산드로스는 이런 사람이다.

알렉산드로스가 겨우 열두 살 때, 아버지 필리포스(영어식 이름은 '필립')가 끊임없이 영토를 늘려 가는 것을 보고는 기뻐하는 대신 이렇게 불평했다는 이야기는 너무나 유명하다.

"아버지가 다 해 버리면 나는 할 일이 없어지잖아?"

알렉산드로스는 마케도니아 사람이다. 마케도니아는 지금의 그리스와 알바니아 국경 어름에 있던 도시 국가였다. 알렉산드로스의 5대조에 해당되는 동명(同名)의 알렉산드로스 왕 시절까지만 해도 그리스 본토 사람들은 마케도니아 사람들을 '바르바로이(Barbaroi)'라고 불렀다. 그리스 말을 하지 못하고, 뜻 모를 말을 '구시렁거리는 자들'이라는 뜻이다. 오늘날의 야만인을 뜻하는 '바배리언(Barbarian)'은 여기에서 나온 말이다. 바르바로이 대접밖에는 받지 못했기 때문에 그 시절(기원전 5세기)까지만 해도 마케도니아인은 범(汎)그리스 축제인 올림피아에도 참가하지 못했다. 알렉산드로스 대왕의 5대조에 해당하는 알렉산드로스는 우격다짐으로 올림피아 참가 자격을 획득해 낸 최초의 마케도니아인이었다.

알렉산드로스의 부왕 필리포스는 발이 유난히 빠른 아들에게, 올림피아에 참가해 볼 것을 권했다. 아들은 일언지하에 거절했다.

"싫습니다. 도시 국가의 왕들만 출전한다면 또 모르지만……."

떡잎부터 남달랐던 알렉산드로스

정복자라는 이름값을 너끈하게 할 만큼 전쟁질에 바빴던 아버지 필리포스 왕이 아들의 싹수를 괄목상대(刮目相對)하게 된 것은 알렉산드로스의 나이 겨우 열두 살 때의 일이다.

어느 말 장수가 마케도니아로 말을 팔러 와서는 말 한 마리 값으로 13탈란톤(talanton)을 불렀다. 말 장수가 명마라고 주장하는 말의 이름이 걸작이었다. '부케팔로스(Boukephalos)'라는 것이었는데, '부(소)'의 '케팔로스(머리)', 즉 소대가리라는 뜻이다.

필리포스 왕이 말 이름의 내력을 묻자 말 장수는 말의 배를 보여 주었다. 말의 배에는 소대가리 모양의 흰 무늬가 있었다. 흰 무늬는 이마에도 있었다. 키가 유난히 큰 그 검정말은 값이 터무니없이 비싸기는 해도 겉으로는 과연 명마 같아 보이기는 했다. 왕은 신하들은 물론이고 열두 살배기 알렉산드로스까지 거느리고 이른바 명마를 시승하기 위해 마장(馬場)으로 나갔다. 그러나 이 말은 사람이 등에 오르려 하면 뒷발로 꼿꼿하게 서 버리고, 내리면 앞발길질 뒷발길질을 해 대는 통에 도무지 시승이라는 걸 해 볼 수가 없었다. 신하들 몇 명이 말 잔등에서 떨어지거나 발길에 채여 부상하자, 필리포스 왕은 성질만 고약한 야생마를 끌고 와서 명마라고 우긴다면서 말 장수를 꾸짖고는 어서 말을 끌고 사라지라고 호통을 쳤다.

그 광경을 잠자코 바라보고 있던 알렉산드로스가 부왕 필리포스 들으라는 듯이 중얼거렸다.

"솜씨도 용기도 부족한 사람들 때문에 천하의 명마를 잃는구나."

필리포스 왕은 철없는 아들의 말이거니 해서 못 들은 척했다.

그러나 알렉산드로스는 부왕의 귀에 들리게 똑같은 말을 여러 차례 되풀이했다. 부왕의 부아를 돋우는 것임에 분명했다.

필리포스가 듣다못해 어린 아들을 나무랐다.

"어른들에게 주둥아리를 함부로 놀리는구나. 네가 어른들보다 말을 더 잘 안다는 것이냐? 네가 어른들보다 말을 잘 다룰 줄 안다는 것이냐?"

알렉산드로스가 대답했다.

"이 말이라면 그렇습니다."

마케도니아 군의 선두에 선 알렉산드로스. 폼페이의 파우노스 관(館)의 '알렉산드로스 모자이크'의 한 부분.

고대 그리스에서 가장 영향력이 있었던 철학자 아리스토텔레스
(기원전 384~기원전 322). 나폴리 국립 박물관 소장.

"만일에 네가 이 말을 다루지 못하면 어떻게 하겠느냐? 주둥아리 함부로 놀린 허물을 무엇으로 갚겠느냐?"

"말 값 13탈란톤을 제가 치르겠습니다."

"다루면 나더러 치르라는 말이냐?"

"그렇습니다."

말 다루기를 개 다루듯이 하면서 전쟁터를 안마당처럼 드나들던 나이 든 신하들이 까르르 웃었다. 신하들 중에는, 알렉산드로스가 만일에 그 말을 다루면 제 주머닛돈으로 말 값을 치르겠다는 자도 있었다.

알렉산드로스는 살그머니 부케팔로스 앞으로 접근해서 고삐를 잡고는 말을 돌려 세웠다. 태양을 등지고 있던 말을 태양과 정면으로 마주 볼 수 있도록 돌려세운 것이다. 그가 이렇게 한 것은 태양을 등지고 선 부케팔로스가 자기 그림자와 기수의 그림자가 눈앞에서 함께 어른거리면서 천변만화(千變萬化)하는 것에 놀라서 날뛴 것이라고 생각했기 때문이다. 알렉산드로스의 판단이 옳았다. 돌려세우고부터 부케팔로스는 얌전해졌다. 알렉산드로스는 다소곳하게 걷는 부케팔로스와 나란히 걸으면서 목덜미를 쓰다듬었다. 그러자 말이 고개를 숙였다. 알렉산드로스는 망토를 벗고는 말 잔등에 뛰어올랐다. 등자(鐙子)는 13세기에 이르러서야 발명된 물건이다. 따라서 당시에는 등자가 없었다. 하지만 열두 살배기는 등자도 없는 말의 잔등에

오르는데 어찌나 가볍게 오르는지 말을 타넘으려고 하는 것 같아 보일 정도였다. 이렇게 잔등에 오른 알렉산드로스가 배를 걷어차자 부케팔로스는 오래 기다렸다는 듯이 내달았다.

마장을 한 바퀴 돌아 출발점으로 돌아오자 신하들이 함성을 질렀다. 필리포스 왕은 기뻤던 나머지 눈물까지 흘리면서, 말 잔등에서 내려온 아들의 이마에 입을 맞추면서 이렇게 말했다.

"네 나라는 네 손으로 찾아라. 내 나라 마케도니아는 아무래도 너에게 너무 작을 것 같구나."

필리포스는 이 예사롭지 않은 아들을 가르치기 위해 시의(侍醫) 니코마코스의 아들 아리스토텔레스를 마케도니아로 불러 올렸다. 당시 아리스토텔레스는 플라톤이 아카데메이아에 세운 철학 강원에서 공부하고 있었다.

아리스토텔레스는 제자들과 숲길을 슬슬 거닐거나 돌계단을 유유히 오르내리면서 강의하는 것으로 유명하다. 그를 중심으로 하는 철학자들이 후일 '페리파테티코이', 즉 '소요학파(逍遙學派)'라고 불리는 것은 이 때문이다.

아리스토텔레스는 대부분 귀족의 자제들인 제자들에게 다음과 같은, 매우 부주의한 질문을 던진 적이 있다.

"만일에 그대들이 때아니게 재산을 상속받는 사태가 벌어질 경우, 여기에 있는 이 은사를 어떻게 대접하겠소?"

세상 사람들로부터 존경받도록 만들겠다고 주장하는 제자, 언제까지나 은사와 식탁을 함께 쓰겠다고 약속하는 제자, 후견인으로 받들겠다고 하는 제자 등등 그들의 대답은 십인십색(十人十色)이었지만 극진히 모시겠다는 가상한 뜻만은 하나같았다.

그러나 알렉산드로스만은 화를 내면서 이렇게 대답했다.

16세기 이탈리아 화가 라파엘로가 그린 「아테나이 학당」. 고대 그리스의 철학자들이 학당에 모여 학문과 진리를 탐구하는 모습을 보여 준다. 바티칸 미술관 프레스코 벽화.

　"대체 무슨 권리로 그런 질문을 하십니까? 미래가 우리에게 무엇을 줄지 그걸 대체 누가 알 수 있습니까? 그러므로 선생님께서는 기다린 연후에나 아실 수 있을 것입니다."

　비록 뒷날 서로 틀어지기는 했지만 이날 알렉산드로스가 한 대답만은 아리스토텔레스를 불쾌하게 만들지 않았던 것으로 전해진다.

그림의 정중앙에 아테나이 학당을 나오는 아리스토텔레스와 플라톤의 모습이 보인다. 왼쪽이 플라톤, 오른쪽이 아리스토텔레스.

마케도니아의 기초를 다진 필리포스 2세

'전략(strategy)'이라는 말을 만들어 낸 것은 그리스 본토 사람들이지만 이로써 그리스 본토 군대를 묵사발로 만든 것은 마케도니아 왕 필리포스였다. '전략'을 뜻하는 그리스 말 '스트라테기아(strategia)'는 원래 '장군학(將軍學)'이라는 뜻이다. 지금은 알렉산드로스의 아버지로 더 잘 알려져 있는 필리포스 왕은 창 자루의 길이를 늘림으로써 삽시간에 그리스 본토를 깨뜨린 전략적인 장군으로 유명하다. 한 역사가에 따르면 마케도니아인들의 창 '사리사'는 길이가 자그마치 6.3미터, 그리스 본토인들의 창 길이는 4.2미터였다. 마케도니아 병사와 싸우자면 그리스 본토의 병사는 따라서 적에게 한 걸음 더 다가서는 수밖에 없었다.

필리포스는 새총의 모양을 본뜨고 비틀림의 원리를 응용하여 쇠뇌를 만든 사람, 탄성을 이용해서 다시 이것을 노포(弩砲)로 개량한 사람, 결과적으로 포술(砲術)의 발달에 큰 공헌을 한 사람이기도 하다. 노포나 쇠뇌는 발사체(missile)를 약 500미터 정도 쏘아 보낼 수 있었다.

필리포스는 북으로는 지금의 불가리아, 남으로는 이집트, 동으로는 비잔티움까지 진출했다. 그러나 필리포스는 비잔티움 성을 깨뜨리지 못했다. 그는 기원전 339년, 초승달이 걸린 어느 겨울 밤 비잔티움 성채에 대한 기습 공격을 감행했다. 그러나 이 공격은 실패로 돌아갔다. 비잔티움 군이, 한밤중에 성안의 개들이 일제히 짖어 대는 소리를 듣고는 기습 공격의 낌새를 미리 알고 방비했기 때문이다. 마케도니아 군을 격퇴한 비잔티움 사람들은 이 군사적 성공을 기념하여 화폐를 만들었다. 돋을새김으로 화폐에 찍은 것은 저승의 여신 헤카테의 표상(表象)인 초승달이었다. 헤카테는 초승달이

떠 있는 어두운 밤, 개들이 어지러이 짖어 댈 때 지
상에 나타나는 것으로 믿어지는 여신이다. 이 초
승달 표상은 비잔티움이 뒷날 콘스탄티노
폴리스로 중건된 뒤에도, 이 도시가 회
교(回敎)의 중심이 된 뒤에도 여전히 그
도시를 중심으로 하는 문화권의 상징
으로 쓰였다. 13세기의 십자군 전쟁은
기독교를 상징하는 십자가 표상과 회
교도를 상징하는 초승달 표상의 전쟁
이었다. 그러므로 이 초승달 표상을, 회
교권 용사들이 즐겨 쓰던 초승달 모양의
시미타르(scimitar), 즉 신월도(新月刀)에서
유래했다고 하는 것은 주객이 전도된 주장
인 것이다.

　필리포스는 전쟁터에서만 용장이었
을 뿐 궁전에서는 용렬한 호색한이었던
것으로 전해진다. 그는 완력으로 무수
한 하녀들을 겁탈한 것으로도 유명한데,
겁탈당하기 직전 한 하녀가 그에게 한

「필리피코스」, 즉 필리포스 2세 타도 연설로 유명한
아테나이의 웅변가 데모스테네스. 기원전 3세기에
제작된 대리석상의 복제품. 코펜하겐 박물관 소장.

두개골을 토대로 재구성해 낸 필리포스 2세의 얼굴. 그는 전쟁 중 화살에 눈을 다쳐 실명했다.

말, "불이 꺼지면 여자는 모두가 똑같은데, 왜 이러시는가요?"(A. 웨이고올의 『알렉산드로스 대왕』)는 지금까지도 그의 난행을 조롱하는 말로 인구에 회자된다. 아테나이의 웅변가 데모스테네스는 「필리피코스」, 즉 필리포스 공격용 웅변 시리즈로 유명하다. 이 말은 지금도 '공격용 연설(philipics)'을 뜻하는 일반 명사로 쓰인다. 「필리피코스」에는 "권력과 지배의 야망에 눈이 빠지고……."라는 대목이 있다. 필리포스는 애꾸눈이었다.

아버지에게 도전한 아들

알렉산드로스가 아버지에게 군사적으로 인간적으로 정면 도전을 시작한 것은 나이 열여섯 살 때의 일이다. 기원전 340년 아버지 필리포스가 원정 중일 때, 지금의 불가리아 지역에 살고 있던 마이도이 족이 반란을 일으켰다. 알렉산드로스는 부왕의 윤허도 받지 않고 마이도이 반란군 우두머리의 도시를 손에 넣고는 이 도시를 '알렉산드리아(Alexandria)', 즉 '알렉산드로스의 도시'라고 명명했다. 그가 북아프리카를 정복하고 또 하나의 아름다운 도시 알렉산드리아를 세운 것은 이로부터 8년 뒤의 일이다.

필리포스는 정비(正妃) 올륌피아스를 비롯 무수한 후처들이 있었는데도 그즈음 다시 후처를 맞았다. 아들이 집안에서 아버지에게 대든 것은 그가 새 아내를 맞았기 때문이 아니다. 신부의 백부 아탈로스가 취중에, 그 혼인에서 왕통을 이을 왕자가 태어나기를 기원하자고 했기 때문이다.

발끈한 알렉산드로스가 외조부뻘 되는 아탈로스를 향하여 술잔을 던지며 외쳤다.

"왕통을 이을 왕자가 새로 태어나야 한다면 내가 서자(庶子)라는 말이냐, 이 도적놈아?"

처백부(妻伯父)가 열여섯 살배기 아들에게 모욕당하는 것을 보고는 필리포스가 칼을 뽑아들고 아들에게 달려들었다. 그러나 필리포스는 아들을 찌르지 못했다. 술을 너무 마신 데다, 수많은 손님들이 포도주를 엎지르는 바람에 대리석 바닥이 미끄러워 몸을 가눌 수 없었기 때문이다. 포도주에 미끄러져 바닥에 나자빠진 아버지를 아들은 이런 말로 비아냥거렸다.

"유럽에서 아시아로 건너가셔야 할 분이 이 걸상에서 저 걸상으로 건너

가지도 못하시고 이렇게 쓰러지셔서서야 될 일인가요."

필리포스는, 곁에 두면 또 무슨 문제를 일으킬 것 같았던지 정처와 아들을 먼 지방으로 보내어 버렸다. 모자가 마케도니아를 떠난 직후에, 코린토스 사람 데마라토스가 필리포스 왕을 찾아왔다. 필리포스는 그리스 도시 국가의 왕들이 모두 화목하게 잘 지내고 있느냐고 물었다. 바른말 잘하기로 이름난 데마라토스가 대답했다.

"왕가를 콩가루 집안으로 만들어 놓으신 분이 그리스 도시 국가들의 화평을 걱정하신다니, 어울리지 않는군요."

이러고도 데마라토스는 목이 잘리지 않았다. 이 말에 정신이 번쩍 들었던 왕은 그 데마라토스를 보내어 아들을 설득, 마케도니아로 돌아오게 했다. 사람들 마음이 크고 실로 엄장(嚴壯)하던 시절의 일이다. 그러나 아버지 필리포스의 크기는 알렉산드로스의 크기에 견줄 바가 못 되었다. 아버지는 아들을 용서했지만 아들은 아버지를, 천박하다는 이유에서 끝내 용서하지 않았다. 필리포스 왕은 그로부터 4년 뒤 후처와 공모한 자객 파우사니아스 손에 암살당했다.

알렉산드로스는 약관(스무 살)에 필리포스의 왕위를 계승했다.

디오게네스를 부러워한 알렉산드로스

그리스 본토 도시 국가의 왕들이 페르시아 원정을 앞둔 군사 회의에 마케도니아 왕 알렉산드로스를 초청한 것은 기원전 336년의 일이다. 욱일승천하던 마케도니아의 군사력에 힘입어 알렉산드로스는 이 회의에서 총사

17~18세기 이탈리아 화가 세바스티아노 리치가 그린 「알렉산드로스와 디오게네스」. 코린토스에서 이루어진 알렉산드로스와 디오게네스의 만남은 매우 유명한 일화로, 수많은 회화 작품에 등장한다.

령관에 선출되었다. 알렉산드로스가 왕위를 계승한 해의 일이니 그의 나이는 여전히 약관이었다.

　내로라하는 정치가, 장군, 철학자들이 코린토스로 몰려와 축하 인사를 했다. 그러나 총사령관이 기다리는 사람이 따로 있었다. 알렉산드로스는 당시 시노페 출신의 철학자 디오게네스가 코린토스에 와 있다는 사실을 알고 있었다. 그는 디오게네스가 축하 인사하러 와 줄 것을 은근히 기대했다. 디오게네스를 페르시아 원정군의 군사(軍師)로 맞아들이고 싶었던 것일까? 그러나 디오게네스는 끝내 모습을 보이지 않았다. 알렉산드로스는 몸소 이 철학자를 찾아가 보기로 하고 그가 있는 곳을 수소문해 보았다. 디오게네

16세기 라파엘로의 그림 「아테나이 학당」에는 많은 철학자들이 그려져 있다. 정중앙에 아리스토텔레스와 플라톤이 보이고 아리스토텔레스의 발치 계단에 비스듬히 걸터앉아 있는 사람이 바로 디오게네스이다. '개 같은 내 인생'을 노래한 견유 철학자답게 그 자세가 매우 분방하다.

스가 크라네이온(운동 경기장)에서 햇살 아래 누워 게으름을 즐기고 있다는 제보가 들어왔다.

디오게네스가 지금의 토관(土管)과 그 모양이 비슷한 나무통 속에 들어앉아 이것을 굴리고 다녔다는 전설에 이의를 제기하는 사람들이 있다. 그들은 당시의 코린토스에는 큰 나무가 귀했다는 사실을 그 이유로 내세운다. 비렁뱅이나 다름없던 견유철학자(犬儒哲學者)가 그렇게 큰 통나무를 굴리고 다닐 수는 없었으리라는 것이다. 플루타르코스는 통의 모양은

델포이에 있는 아폴론 신전 유적. 델포이의 아폴론 신전은 신탁(神託), 즉 신이 맡겨 둔 뜻을 무녀(巫女)가 전해 주는 것으로 유명하다.

전혀 묘사하고 있지 않다. 일본의 고전학자 코우노(河野與一)는 디오게네스가 도기 항아리를 굴리고 다녔을 것이라고 주장한다.

하여튼 햇살 아래 누워 있던 디오게네스는 총사령관에 묻어오는 무리를 물끄러미 바라보다가 총사령관을 알아보고는 일어나 앉았다.

알렉산드로스가 정중하게 인사하고는 물었다.

"도와 드릴 일이 없겠습니까?"

디오게네스는 "있지요." 하고는 이렇게 대답한 것으로 전해진다.

"햇살을 가리고 있으니까 조금만 비켜서 주시오."

알렉산드로스는 그리스 원정군 총사령관을 본 척도 하지 않는 철학자

의 배포에 질려 다음 질문을 내어놓지 못했다. 함께 왔던 사람들이 철인의 퉁명스러움을 비웃었지만 알렉산드로스는 그 자리에서 돌아서면서 중얼 거렸다.

"내가 만일 알렉산드로스가 아니었다면 디오게네스가 되고 싶다."

헤라클레스를 동경한 알렉산드로스

페르시아 원정을 앞두고 알렉산드로스는 델포이로 올라갔다. 델포이는 예언의 신 아폴론의 신전이 있는 곳이다. 알렉산드로스는 아폴론 신이 그 신전에 맡겨 놓은 뜻을 받아 보고 싶었다. 그러나 그가 신전에 이른 날은 공 교롭게도 액일(厄日)이었다. 그런데도 그는 부하를 신전으로 들여보내 제니 (祭尼)에게 총사령관이 탁선(託宣), 곧 신이 맡겨 놓은 뜻을 받으러 왔다는 사실을 알리게 했다. 잠시 후 부하가 나와 이런 말을 했다.

"퓌티아는 신전의 율법에 따라 액일에는 신이 맡겨 놓은 뜻을 전해 줄 수 없노라고 합니다."

예언의 신 아폴론이 예언하는 능력을 얻은 것은 그가 맨손으로 때려잡 은 왕뱀 퓌톤을 통해서다. 그래서 신전의 제니는 전통적으로 '퓌톤'의 여성 형 명사인 '퓌티아'라고 불린다.

알렉산드로스는 부하를 다시 들여보내 우격다짐으로 퓌티아를 끌어내 게 했다. 끌려 나온 퓌티아는 사령관 앞에서도 탁선을 전할 수 없다고 버티 었다. 알렉산드로스는 퓌티아를 끌고 신전으로 들어가 트리푸스(tripous) 에 앉혔다. 트리푸스는 삼각대(tripod), 즉 다리가 세 개인 걸상인데 델포이

트리푸스, 즉 삼각대(三脚臺)에 앉아 아폴론 신의 뜻을 풀어 주는 무녀.

의 제니가 신의 뜻을 전할 때는 반드시 이 삼각대에 앉아서 전하기로 되어 있다.

제니는 알렉산드로스의 열성에 감복했다는 듯이 이렇게 중얼거렸다.

"참으로 질 줄 모르는 분이시군요."

요즘 말로 하자면 '졌다'는 뜻이다.

탁선을 받은 것이 아니라 만들어 낸 셈이 된 알렉산드로스가 응수했다.

"그것이 바로 내가 받고 싶어 하던 신의 뜻이오."

알렉산드로스의 원정군은, 역사가에 따라 주장이 조금씩 다르기는 하지만 대략 3만 5000명의 보병과, 보병의 1할쯤 되는 기병으로 이루어져 있었던 것 같다. 알렉산드로스는 변변치 못한 군자금으로 원정에 나서면서도 왕실 재산을 군자금에 보탤 생각은 하지 않고 참모의 가족들에게 고루 나누어 주고는 손을 털었다. 이를 못마땅하게 여긴 귀족 출신의 참모 페르디카스가 알렉산드로스에게 물었다.

"아니, 전하께서는 빈털터리가 되시지 않았습니까?"

알렉산드로스가 대답했다.

"천만에, 아직도 내게는 희망이 있소."

"그렇다면 저도 재산 대신에 그 희망이라는 것을 좀 나눠 받겠습니다."

헤라클레스는 신탁을 물었지만 무녀가 말을 듣지 않자 우격다짐으로 삼각대를 빼앗고 행패를 부린 적이 있다. 기원전 6세기의 항아리 그림. 베를린 국립 박물관 소장.

기원전 5세기 말에 제작된 병에, 삼각대를 둘러맨 헤라클레스가 그려져 있다. 자신을 헤라클레스와 동일시하고 싶었던 알렉산드로스는 헤라클레스를 의식하고 아폴론 신전에서 행패를 부렸는지도 모른다.

페르디카스는 왕이 하사한 재산을 반납했다. 그러자 왕은 더 받기를 원하는 사람들에게 그것마저 나누어 주고는 다시 손을 털었다. 후일 페르디카스는 알렉산드로스 사후(死後) 대제국의 섭정(攝政)이 되니, 그가 나누어 받은 희망의 열매가 어찌 어리석은 자들이 받은 한 상자의 돈과 같다고 하랴.

알렉산드로스가 페르시아 군을 간헐적으로 격파하면서 소아시아 지역을 차례로 정복할 당시의 일이다. 당시의 팜필리아, 지금의 터키 남부 해안은 절벽이 험악하고 파도가 높기로 유명하다. 파도가 밀려와 있을 때는 여느 바다 같다가도 파도가 밀려가면 거대한 산을 칼로 잘라서 세워 놓은 듯한, 까마득히 높은 해안선이 나타나고는 한다. 원정군이 팜필리아에서 발이 묶여 꼼짝을 못하고 있는데 기적이 일어났다. 그 험악하던 바다가 잔잔해지며 행운의 뱃길을 내어주었던 것이다. 대시인(大詩人) 메난드로스는 이 기적에 빗대어 자기 일을 이렇게 읊고 있다.

흡사 알렉산드로스가 특혜를 받고 있는 것 같지 않은가?
내게 사람 찾을 일이 생기면 그 사람이 문 앞에 나타나고

세 마리의 뱀이 서로를 휘감으면서 기어오르는 이 유명한 청동 조상(彫像)은 원래 델포이에 있었으나, 지금은 터키의 수도 이스탄불에 있다. 신전의 삼각대는 이 세 마리 뱀의 머리 위에 있었던 것으로 보인다.

내게 바다를 건너야 할 일이 생기면

그 바다가 나를 편안히 건너게 해 주니……

하지만 알렉산드로스 자신은 서한에서 이 기적을 언급하는 대신 '사다리(Klimax)'라고 불리는 험난한 곳을 지나왔다고만 쓰고 있다. 오늘날 '절정'이라고 번역되는 '클라이맥스(climax)'가 바로 저 '클리막스'다. 알렉산드로스가 지금의 터키 중부에 해당하는 프뤼기아에 이르러 저 유명한 '고르디오스의 매듭'을 자른 것은 클리막스를 지난 직후의 일이다.

목숨을 걸고 사람을 얻다

원정대는 킬리키아, 즉 오늘날의 사이프러스 섬과 마주하고 있는 터키 남부 지역에서 여러 날을 지체했다. 페르시아 왕 다레이오스(『구약성경』에 '다리오'라는 이름으로 등장하는 이 왕의 라틴어 이름은 '다리우스'이다.)는 드디어 알렉산드로스가 겁이 난 모양이라고 짐작했다. 그러나 알렉산드로스가 지체하고 있었던 것은 겁이 났기 때문이 아니라 병이 났기 때문이었다.

그가 몸져누워 있을 때의 일이다. 과로였다는 주장도 있고 차가운 키드노스 강에서 멱을 감다 동상을 얻었다는 주장도 있다. 하지만 무슨 병이었든, 많은 역사가들은 이때 있었던 일을 알렉산드로스라는 인간의 크기를 가늠해 볼 수 있게 하는, 알렉산드로스 이야기의 꽃이라는 데 동의한다.

총사령관의 와병으로 원정이 지체되고 있는데도 진중(陣中)의 의사들은 손을 쓰려 하지 않았다. 손을 대었다가 혹 그르칠 경우 무작한 마케도니아인들로부터 날아들 거친 책임 추궁이 두려웠던 탓이다.

그런데 단 한 사람, 알렉산드로스의 선왕과 이름이 같은 시의(侍醫) 필리포스만은 만일의 경우 책임 추궁 당할 각오를 앞세우고 자기 책임을 다하기로 결심했던 모양이다. 그리스 본토 아카르나니아 사람인 본초학자(本草學者) 필리포스는 백방으로 약초를 구해 달인 탕약으로, 당시 초주검이 되어 있던 알렉산드로스를 치료했다.

그런데 알렉산드로스의 부장(副將) 중 하나인 파르메니온 장군으로부터 서판(書板) 한 장이 날아

연극에 쓰일 가면을 들고 유심히 살펴보고 있는 고대 그리스의 시인 메난드로스. 알렉산드로스 원정대의 기적에 빗대어 자신의 일을 노래했다.

들었다. 알렉산드로스가 은밀하게 읽어 보니 내용이 다음과 같았다.

"전하의 병석을 지키는 필리포스는 시의가 아니라 페르시아 왕 다레이오스가 보낸 자객입니다. 저에게는, 필리포스가 다레이오스로부터 거액의 뇌물을 받았다는 증거가 있습니다. 뿐만 아니라 다레이오스는 필리포스에게, 만일에 전하를 독살하는 데 성공하면 페르시아 공주와의 혼인을 성사시킬 것을 약속했다고 합니다. 저에게는 필리포스의 유죄를 증명할 증인이 있은즉, 원컨대 전하께서는 필리포스의 언행에 조심을 다하시고 신명을 보중하소서."

읽기를 끝낸 알렉산드로스는 그 서판을 베개 밑에 감추었다. 그는 어떤 측근에게도 그 서판을 보여 주지 않았다.

이윽고 정해진 시각이 되자 시의 필리포스가 수많은 경호병에 둘러싸인 채, 탕약 그릇을 들고 들어와 병석으로 다가왔다. 알렉산드로스는 아무 말 없이 먼저 서판을 필리포스에게 건네준 다음 탕약 그릇을 받아들었다. 왕

페르시아의 수도 페르세폴리스의 유적에 새겨져 있는 다레이오스 1세. 부하들이 일산(日傘)으로 해를 가려 주고 있다.

은 탕약을 마시면서 서판을 읽는 시의를 바라보았고, 시의는 서판을 읽으면서 탕약을 마시는 왕을 바라보았다. 알렉산드로스의 표정은 병자의 표정 같지 않게 맑고 밝았다. 그는 끝없는 믿음과 신뢰가 실린, 전에 없이 따뜻한 시선을 필리포스에게 던지고 있었다. 그러나 서판을 다 읽은 필리포스는 그런 표정, 그런 눈길을 할 수가 없었다. 그는 두 팔을 벌리고 병실의 천장을 올려다보며 신들의 이름을 부르고, 왕의 발치에다 몸을 던지고는, 부디 의심하지 말아 줄 것을, 부디 믿어 줄 것을 간청하고 싶었다. 그러나 부르고 간청하고 싶었을 뿐, 그의 생각은 말이 되어 나오지 못했다. 경호병들은 서로 달라도 너무 다른 두 사람의 표정에 얼이 빠져 시선 둘 곳을 찾지 못했다.

필리포스가 왕의 발치에 몸을 던지는 순간, 경호병들은 일제히 칼을 뽑아 들었다. 바야흐로 알렉산드로스가 탕약 그릇을 던지는 순간은 필리포스의 육신이 경호병들의 칼날에 도륙이 되는 순간이 될 것이었다. 그러나 왕은 여전히 맑고 밝은 얼굴을 한 채 탕약 그릇을 비웠다. 시의는 가슴에다 서판을 껴안은 채 왕의 발치에 엎드려 꼼짝도 하지 않았다. 탕약 기운이 돌기 시작하자 알렉산드로스의 눈빛이 흐려지기 시작했다. 부드러우면서도 단호한 기운이 서려 있던 입술 주위의 힘살도 풀어지기 시작했다. 하지만 경호병들에게 필리포스를 도륙하라고 명령할 수 없을 만큼 빠른 속도로 풀어진 것은 아니었다. 알렉산드로스는 한동안 필리포스를 더 내려다보고 있다가 쓰러지면서 혼수상태에 빠졌다.

그러고는 얼마 후, 잿더미에서 털고 일어나는 불사조 포이닉스처럼 원기를 되찾고 병석에서 일어났다. 그의 금도(襟度)는 두고두고 원정군 사이에서 얘깃거리가 되었다. 보라, 대륙의 정복자 알렉산드로스는 이로써 목숨을 걸고 한 사람을 얻게 된다.

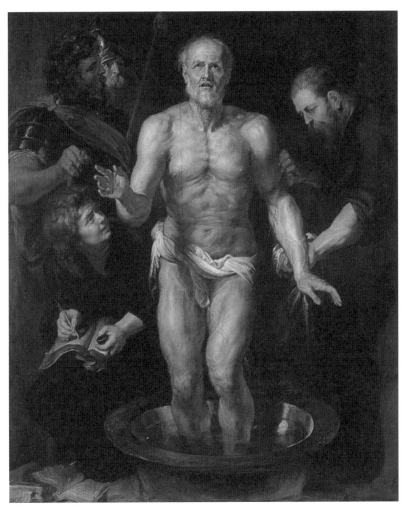

루벤스가 그린 「세네카의 죽음」. 세네카는 로마 시대의 스토아 철학자이자 변론가였다. 네로 황제의 스승이었던 그는 모반 혐의를 쓰자 자결했다.

"진정한 제왕은 아무것도 두려워하지 않고, 아무것도 바라지 않는다."

철학자 세네카의 말이다.

간명한 수사법을 즐긴 알렉산드로스

알렉산드로스는 아무것도 두려워하지 않던 사람이었다. 그는 아무것도 바라지 않는 사람이기도 했을까?

어린 시절, 유난히 발이 빨라 뜀박질을 잘하던 그에게 주위에서 올림피아 축제에 출전해 볼 것을 권했다. 그는 이렇게 대답했다.

"왕들만 출전한다면 한번 해 보겠지만."

그는 간명한 표현법을 즐겨 썼다.

알렉산드로스는 아리스토텔레스의 문하에서, 일반인에게는 공개되지 않는 심오한 철학을 배운 것으로 알려져 있다. 뒷날 스승이 이 강의 내용을 책으로 간행하자 알렉산드로스는 다음과 같은 말로 스승을 질책한다.

"……저에게 하신 강의 내용을 출간한 것은 잘못하신 일인 듯합니다. 제가 배운 것들을 여느 사람들도 배운다면 사람의 상하를 어찌 구분할 수 있겠습니까? 저는 권력을 통해서보다는 고급한 지식을 통하여 사람들보다 뛰어나고자 합니다."

그가 페르시아 왕 다레이오스의 야전 막사를 점령했을 때의 일이다. 부하들은 다레이오스의 재물과 호화 가구를 빼앗아 고스란

알렉산드로스의 스승 아리스토텔레스의 두상. 고대 그리스의 대표적 조각가 뤼시포스 작품의 복제품.

히 그에게 바쳤다. 기분이 좋아진 그가 갑옷을 벗고 다레이오스의 욕실로 들어가면서 말했다.

"다레이오스와 싸우다 흘린 땀, 다레이오스의 욕실에서 씻어 볼까?"

그러자 부하 하나가 응수했다.

"이제 다레이오스의 욕장이 아니라 알렉산드로스의 욕장입니다."

그는 부하들이 쓰는, 이런 종류의 수사법을 특히 좋아했다.

어린 시절 알렉산드로스를 가르친 가정교사는 제자인 알렉산드로스가 제사 때마다 향을 너무 헤프게 쓰는 것을 보고는 이렇게 나무란 일이 있다.

"향이 많이 나는 나라를 정복했을 경우에야 상관없겠지만, 지금은 아껴 쓰셔야 합니다."

그는 향이 많이 생산되는 팔레스티나의 한 나라를 정복한 직후, 엄청나게 많은 유향과 몰약을 가정교사에게 보내면서 다음과 같은 글을 딸려 보냈다.

"이제부터는 아낌없이 써도 되겠지요."

부하들이 몰수한 다레이오스의 재산 중에는 귀하디귀한 향갑(香匣)이 포함되어 있었다. 알렉산드로스는 부하들에게 그 향갑에 무엇을 넣어 두었으면 좋겠는지 물었다. 부하들의 대답이 각기 달랐다. 하지만 그는 거기에다 호메로스의 『일리아스』를 넣고 소중하게 보관했다. 그는 오로지 칼로써 제왕이 되고자 한 인간은 아니었다. 그는 호메로스의 세계에서도 제왕이 되고자 했다.

'일리온(Ilion)'은 트로이아의 옛 이름이다. 트로이아 전쟁을 읊은 호메로스의 『일리아스(Ilias)』는 '일리온 이야기'라는 뜻이다.

알렉산드로스가 이 비극의 땅 일리온에서 페르시아인들을 몰아내었을 때의 이야기다. 일리온 시민 하나가 그에게 뤼라 한 틀을 가지고 와서, 파리스의 뤼라라면서 기념품으로 거두어 줄 것을 바랐다.

알렉산드로스가 누구던가? 그는 뤼라 타기에 매우 능한 사람이었다. 싸움질 아니면 거들떠보지도 않던 아버지 필리포스는 아들에게 이런 말까지 한 일이 있다.

"뤼라를 그렇게 잘 뜯다니, 사나이 대장부가 창피하지도 않으냐?"

하지만 뤼라가 무엇이며 파리스가 누구던가? 그리스의 거문고라 할 수 있는 '뤼라(lyra)'는 서정시(lyrikos)의 어머니다. 파리스는 언필칭 경국지색 헬레네를 꾀어냄으로써 트로이아 전쟁의 빌미를 제공한 트로이아의 왕자가 아니던가? 이 두 이름의 정서가 알렉산드로스에게 어울릴 리 만무하다. 알렉산드로스는 일언지하에 거절하면서 이런 말을 덧붙였다.

"트로이아 전쟁에서 장렬하게 전사한 아킬레우스의 뤼라라면 또 모르겠소. 나 같은 장수에게 파리스의 뤼라는 어울리지 않소."

그가 대시인 호메로스를 얼마나 좋아하고 있었던가는 다음의 일화 하나로 확연하게 드러난다. 한 신하가 "전하, 좋은 소식입니다." 하고 외치면서 뛰어 들어왔을 때 그가 물었다.

"왜 이렇게 호들갑인가? 호메로스가 살아

『일리아스』를 읊은 호메로스의 흉상. 기원전 2세기에 제작된 듯한 대리석상의 로마 시대 복제품. 로마의 카피톨리니 박물관 소장.

뤼라를 든 트로이아 왕자 파리스와, 스파르타 왕비인 유부녀 헬레네의 간통 현장. 18세기 프랑스 화가 자크 루이 다비드의 그림.

돌아오기라도 했다는 말인가?"

페르시아 왕 다레이오스의 일가족이 알렉산드로스에게 포로로 잡혀 있을 때의 일이다. 다레이오스는 사신을 보내어, 포로를 돌려주면 몸값을 치르는 것은 물론 에우프라테스 강(오늘날의 유프라테스 강) 서쪽의 영토를 할양하고 사위로 삼겠다는 내용의 서한을 보낸 적이 있다. 알렉산드로스는 신하들과 이 일을 의논했다.

파르메니온이 이렇게 충고했다.

"제가 만일에 알렉산드로스 대왕이라면 그 제안을 받아들이겠습니다."

그러자 알렉산드로스가 응수했다.

"내가 파르메니온이라면 그럴 테지만 나는 알렉산드로스가 아닌가요?"

알렉산드로스에게 항복하는 다레이오스 일가. 16세기 이탈리아 화가 파올로 베로네세의 그림으로, 등장인물 모두가 16세기 복장을 하고 있는 점이 이채롭다.

알렉산드로스가 서인도(西印度)의 작은 나라들을 차례로 정복할 당시의 이야기다. 그가 포위하고 있던 성채에서 강화(講和) 사절이 나왔다. 알렉산드로스는 무장도 하지 않은 채 이 강화 사절단을 맞고는 하나뿐인 걸상을 연장자로 보이는 노인에게 권했다. 그러자 노인은, 어떻게 하면 성채를 깨뜨리지 않고 성 사람들을 우방으로 대접해 주겠느냐고 물었다. 알렉산드로스가 대답했다.

"그대 나라 백성이 그대를 왕으로 승인하고, 또한 그대 나라에서 가장 홀

룽한 인재 100명을 나에게 볼모로 보낼 것을 승인하면……."

"가장 훌륭한 인재를 다 보내 버리고야 제가 어떻게 나라를 다스릴 수 있겠습니까? 쓸모없는 인간들을 쓸어 내어야 제가 잘 다스릴 수 있지 않겠습니까?"

노인이 응수했다. 알렉산드로스는 적국의 왕을 한눈에 알아본 자신의 안목과, 그 안목에 뒤지지 않은 왕의 수사법에 지극히 만족스러워했다.

그가 가장 좋아했던 서인도 왕국의 왕은 포루스였다. 포로로 잡혀 온 포루스에게 알렉산드로스는 어떻게 대우해 주기를 바라느냐고 물었다.

"왕으로."

포루스가 짤막하게 대답했다. 더 바라는 것이 없느냐는 질문에도 포루스는 짤막하게 덧붙였다.

"나는 하고 싶은 말을 다했소."

알렉산드로스는 아무것도 두려워하지 않던 제왕이었다. 그러나 아무것도 바라지 않던 제왕은 아니었다. 그는 제왕의 자리 이외에는 아무것도 바라지 않던 인간, 그러나 제왕의 품격을 진정으로 이해하고 있던 인간이었다.

페르시아 왕 다레이오스와의 격전을 하루 앞둔 날 밤의 일이다. 다레이

폼페이의 파우누스 관(館)의 '알렉산드로스 모자이크'. 기원전 2세기에 제작된 것으로 보인다. 교전 중인 마케도니아 군과 페르시아 군을 각각 알렉산드로스와 다레이오스가 지휘하고 있다.

기원전 4세기경에 제작된 알렉산드로스 석관. 알렉산드로스 원정대의 모습이 생생히 돌을새김되어 있다. 이스탄불 고고학 박물관 소장.

오스는 완전 무장하고 횃불을 든 전군을 열병하는데 알렉산드로스는 전군에 휴식 명령을 내렸다. 측근 파르메니온 장군이 왕에게 간언했다.

"보십시오, 횃불의 바다입니다. 밤을 도와 기습하지 않으면 적의 기세를 꺾을 수 없습니다."

우리 시대의 어느 누가 다음과 같이 대답할 수 있겠는가?

"나는 승리를 훔치지는 않겠어요."

다레이오스 왕의 어머니가 알렉산드로스의 진중에 포로로 잡혀 있을 때의 일이다. 알렉산드로스는 가까운 친구이자 부하인 헤파이스티온만 대동하고는 이 적국 대비(大妃)의 처소를 방문했다. 헤파이스티온은 키가 크고 풍채가 좋았다. 대비가 그런 헤파이스티온을 왕으로 여기고는 예를 갖추어 인사말을 했다. 대비의 시중을 들던 여자 하나가 은밀히, 그 옆에 있는 사람이 알렉산드로스라고 귀띔해 주었다. 실수한 것을 안 대비는 당혹해 하면서

다급하게 사죄했다. 이 시대의 어느 누가 다음과 같이 대답할 수 있겠는가?

"대비는 틀리신 것이 아닙니다. 나 역시 알렉산드로스입니다."

그리스 연합군에 속하는 한 지휘관이 적장의 머리를 잘라 알렉산드로스에게 바쳤다. 알렉산드로스는 그에게, 그대의 조국에서는 적장의 머리를 잘라 바칠 경우 어떤 상을 받느냐고 물었다. 그가 대답했다.

"저희 나라 왕은 대개 황금 술잔을 내리십니다."

그 말을 받아 알렉산드로스가 응수했다.

"빈 잔이겠지요. 하지만 나는 그 잔에다 술을 부어 그대를 위해 마시고, 다시 술을 채워 그대에게 주겠어요."

마케도니아 병사 하나가 전리품으로 빼앗은 황금 자루를 노새 잔등에다 실어 왕의 막사로 옮기고 있었다. 그런데 기진맥진한 노새가 쓰러지고 말았다. 병사는 그 황금 자루를 번쩍 들어 제 어깨에다 메고는 왕의 막사 쪽

로마 시대에 만들어진 카메오. 투구 쓴 알렉산드로스 뒤쪽 얼굴의 주인공은 어머니 올륌피아스인 듯하다. 올륌피아스는, 알렉산드로스의 친아버지가 필리포스 2세가 아니라 제우스였다고 주장한 것으로 유명하다. 알렉산드로스 신격화의 일례 중 하나.

으로 걸어갔다. 하지만 병사에게 황금 자루는 너무 무거웠다. 병사가 그 자루를 내려놓으려 하자 왕이 뒤에서 말했다.

"쓰러지지 말고 끝까지 메고 가라. 그대의 막사까지만 메고 가면 그대의 것이 될 터이니!"

알렉산드로스는 주는 일에 너무 헤펐던 바람에 늘 주머니가 비어 있던 제왕이었다. 그는 무엇을 달라고 조르는 사람을 별로 좋아하지 않았다. 그러나 주어도 받지 않으려는 사람에게는 종종 화를 내고는 했다.

왕과 공놀이를 자주 하는 측근 가운데 세라피온이라는 장군이 있었다. 세라피온은 왕으로부터 선물을 받은 적이 없었다. 선물을 달라고 졸라 본 적이 없었기 때문이다. 어느 날 더불어 공놀이를 하는데 세라피온은 다른 사람들에게만 공을 던질 뿐 알렉산드로스에게는 한 번도 공을 던져 주지 않았다. 이상하게 여긴 왕이 물었다.

"세라피온, 어째서 내게는 공을 주지 않는 거요?"

그러자 세라피온이 대답했다.

"달라고 하신 적이 없지 않습니까?"

알렉산드로스는 그 말에 한 차례 웃고는 세라피온에게 선물을 내렸다.

알렉산드로스가 효자였다고는 할 수 없다. 그는 품위가 없다고 해서 정복자인 아버지 필리포스를 경멸했고, 아들의 배후에서 정치적 야망을 실현시키려 한다고 해서 어머니 올륌피아스를 좋아하지 않았다. 올륌피아스는 적지에 가 있는 아들에게 자주 편지를 보냈던 것으로 전해진다. 그러나 알렉산드로스는 이 편지의 내용을 공개한 적이 없다. 헤파이스티온에게만 딱 한 번 편지 내용을 들킨 적이 있다. 알렉산드로스는 아무 말 없이 반지를 뽑아 친구에게 주었다. 지금은 회멸되고 없지만 '반지를 뽑아 준다.'라는 말은 한동안 '뇌물로 입을 막는다.'라는 말과 동의어로 쓰였다.

올륌피아스가, 아들이 떠나고 없는 마케도니아에서 음모를 꾸며 충신을 제거했다는 소식을 들은 날 알렉산드로스는 하늘을 우러러 이렇게 탄식했다.

"아홉 달 뱃속에 유숙시켜 준 값을 나는 너무나 호되게 물고 있구나."

알렉산드로스가 어머니에 대해 이렇게 말한 것은 그가 자신을 아킬레우스 같은 신인(神人)에 견주는 것을 좋아했던 것과 무관하지 않다.

그러나 그런 태도도 나이를 먹어 가면서 달라진다. 인도 전선에서 다리 부상을 입었을 때, 알렉산드로스는 흐르는 붉은 피를 닦으면서 이렇게 말했다.

"보라, 이것이 진짜 피라는 것이다. 신들이 흘리는 이코르(神血)가 아닌 것이다."

왕이 친구 헤파이스티온에게, 평소 그가 좋아하던 생선 몇 마리를 선물로 보낸 적이 있다. 궤변론자(sophist) 아낙사르코스가 이것을 비아냥거렸다.

"폐하같이 야심이 크신 분이 친구와 생선 몇 마리 따위를 주고받으시는 것은 실로 기묘한 일입니다."

알렉산드로스는 아무 말도 하지 않았다. 그런데 그 일이 있은 직후, 천둥이 몹시 치는 바람에 왕을 비롯해 모든 장군들이 두려워하는 꼴을 보인 적이 있다. 그러자 아낙사르코스가 또 비아냥거렸다.

"제우스 신의 아들 같으신 대왕께서도 천둥을 무서워하십니까?"

그제야 알렉산드로스가 반문했다.

"그대는 내가 뭇 사람들에게 공포의 대상으로 비치기를 바라는 모양이나 나는 그렇게 되고 싶지 않소. 그대는 생선이 오른다고 나의 밥상을 비아냥거리는 모양이나, 그렇다고 해서 속주 총독들의 목을 잘라 와 그것으로 밥상을 차릴 수도 없는 것이 아니오?"

촌철살인의 인도 철학자를 만나다

고대 힌두의 철학자들은 촌철살인의 간명한 경구로 임기응변을 자유자재로 하는 것으로 유명하다. 힌두의 한 비렁뱅이 중이, 당시에는 지극히 신성시되던 팔루스, 즉 남근상 위에 발을 올리고 태연하게 낮잠을 자고 있었다. 이것을 본 한 성직자가 비렁뱅이에게, 어떻게 거룩한 팔루스에다 다리를 올려놓을 수 있느냐고 꾸짖었다. 그러자 비렁뱅이가 이렇게 말했다.

"팔루스가 없는 곳을 가르쳐 주오. 거기에 발을 얹으리다."

비렁뱅이가 이러면서 발을 옮기자 그 자리에서 팔루스가 솟았고 또 발을 옮기자 그 자리에도 팔루스가 솟아올랐다고 한다.

이 이야기는, 한밤중에 밖으로 나가기가 무서워 법당에다 오줌을 누었다는 동승(童僧)의 일화를 상기시킨다.

"어째서 부처님이 계신 거룩한 법당에다 오줌을 눈 것이냐?"

주지 스님이 꾸짖자 동자승이 이렇게 대답한다.

"부처님 안 계신 곳이 어딘지 가르쳐 주세요, 거기 가서 누겠습니다."

세상에 신이 깃들어 있지 않은 곳이 없다는, 이른바 신의 '편재성(偏在性)'을 압축하는 '개유불성(皆有佛性)'의 진리를 고대 힌두의 비렁뱅이 중은 그때 이미 깨치고 있었던 모양이다. 현철 장자(莊子)가 "똥오줌에도 도가 있다."라고 설파한 것도 그즈음이다.

'큄노소피스타이(gymnosophistai)'의 '큄노'는 '벌거벗다'는 뜻, '소피스타이'는 '철학자들'이라는 뜻이다. '체육관'이 그리스어로는 '큄나시온(gymnasion)', 라틴어로는 '큄나시움(gymnasium)'이라고 불린 것은 이곳에서는 누구나 옷을 벗기 때문이다. '큄노소피스타이'는 '나체 철학자' 혹은 '나수은자(裸修隱者)', 혹은 '나수자(裸修者)'의 무리라고 번역되고는 한다.

인도 땅을 정복할 당시 알렉산드로스는 '큄노소피스타이'라고 불리던 한 무리의 철학자들 때문에 골머리를 앓아야 했다. 그가 이들 때문에 골머리를 앓았던 것은 바라문(婆羅門) 계급에 속하는 이들이 민중의 의식을 일깨워 죽을 때까지 그리스 연합군에게 저항할 것을 선동하고 다녔기 때문이다. 알렉산드로스는, 임기응변에 능하기로 소문난 이들 중 우두머리 10명을 잡아들여 시험하기로 했다. 그는 나수자들에게, 어려운 문제에 적절하게 대답하면 살려 주겠거니와 그렇지 못하면 죽이겠다고 하고는 그중의 연장자를 심판관으로 삼았다. 플루타르코스는 이 인도인들의 대답이 대단히 즉각적이면서도 촌철살인이었다고 혀를 내두른다.

첫 번째 나수자에게 첫 번째 질문이 날아갔다.

"산 자의 숫자와 죽은 자의 숫자 중 어느 쪽이 많은가?"

첫 번째 나수자가 대답했다.

"산 자가 많습니다. 죽은 자는 존재하지 않기 때문입니다."

"육지와 바다 중, 어느 곳에 더 큰 짐승이 사느냐?"

두 번째 나수자에게 두 번째 질문이 던져졌다.

"육지입니다. 바다는 육지에 속하기 때문입니다."

세 번째 나수자에게 알렉산드로스가 물었다.

"이 세상 짐승 중에서 가장 교활한 짐승은 무엇이냐?"

"아직도 인간의 눈에 뜨이지 않고 있는 짐승입니다."

네 번째 나수자가 앞으로 나섰다. 알렉산드로스가 물었다.

"어째서 사바스인들을 선동하여 반란을 일으키게 했느냐?"

"고상하게 살거나 고상하게 죽게 해 주려고 그랬습니다."

다섯 번째 나수자에게는 이런 질문이 던져졌다.

"낮과 밤 중 어느 쪽이 먼저고 어느 쪽이 나중이냐?"

"낮이 하루 먼저입니다."

알렉산드로스가 납득할 수 없다는 표정을 짓자 그는 이렇게 덧붙였다.

"……난문(難問)인데 난답(難答)이 나갈 수밖에 없지요."

여섯 번째 나수자가 나섰다.

"인간은 어떻게 해야 뭇 인간들로부터 사랑을 받을 수 있는 것이냐?"

"힘이 있으되 겁을 안 주어야 하지요."

일곱 번째 나수자에게 물었다.

"인간은 어떻게 하면 신이 될 수 있는가?"

"인간이 할 수 없는 일을 해내면, 인간도 신이 될 수 있습니다."

여덟 번째 나수자에게도 물었다.

"삶과 죽음 중에서 어느 쪽이 강한가?"

"삶이 강합니다. 삶은 무서운 고생을 견디게 하기 때문입니다."

아홉 번째 나수자가 나섰다.

"인간은 몇 살까지 살면 적당하게 사는 것인가?"

"사는 것보다는 죽는 것이 나아 보일 때까지. 지금의 우리처럼요……."

시험이 끝나자 알렉산드로스는 심판관 노릇을 맡긴 연장자에게 명령했다.

"이제 판결하라. 누구를 죽여야 하고 누구를 살려 주어야 하겠는가?"

그러자 연장자가 대답했다.

"제가 내릴 수 있는 판결은, 모든 나수자의 대답은 다른 나수자 하나하나가 한 대답만 같지 못하다는 것입니다."

참담해진 알렉산드로스는 많은 선물을 안겨 이 나수자들을 물러가게 했다. 알렉산드로스는 무작한 정복자가 아니었다.

신이 되고자 했던 인간

"알렉산드로스가 뉘사(Nysa)라는 곳을 포위 공격할 때의 일이다……."

플루타르코스는 실로 무신경하게도 뉘사를 이렇게만 언급하고 넘어가고 있다. 그는 이 뉘사라는 지명이 지니는 어마어마한 의미를 꿰뚫어 보지 못하고 있었음에 분명하다. 하지만 뉘사라는 지명을 실마리로 삼으면 고대 문화사의 큰 수수께끼 하나를 풀어내는 것도 가능하다.

그리스 주신(酒神)의 이름 '디오뉘소스'는 '뉘사의 제우스'라는 뜻이다. 그리스 문화에서 뉘사는 대체 어떤 의미를 지니는가?

디오뉘소스의 내력을 잠깐 더듬으면 이렇다. 아름다운 처녀 세멜레는, 밤

디오뉘소스의 탄생. 19세기 프랑스 화가 구스타브 모로의 「제우스와 세멜레」. 휘황찬란한 왕좌를 배경으로 서 있는 제우스의 품에 세멜레가 안겨 있다.

17세기 이탈리아 화가 귀도 레니의 「어린 디오뉘소스」. 머리에 쓴 포도 덩굴, 얼룩무늬 가죽 옷, 그리고 술잔은 디오뉘소스가 가장 즐겨하는 치장이다.

마다 찾아와 자기가 바로 변장한 제우스라면서 제 몸을 걸터듬는 한 건달의 아기를 밴다. 아기를 배게 한 밤손님이 진짜 제우스 신인지 아니면 겁 없는 사기꾼인지 궁금했던 세멜레는 제우스 신에게 진짜 모습 보여 줄 것을 요구한다. 그러자 제우스가 진짜 모습을 보인다. 제우스의 본 이름은 '뒤아우스(Dyaus)', 즉 빛이라는 뜻이다. 인간인 세멜레가 광명의 신을 보았으니 그 빛을 감당하지 못할 수밖에……. 세멜레는 까맣게 타 죽고 만다. 제우스는 세멜레의 복중에 든 아기를 꺼내어 자기의 '메로스(허벅지)' 살 속에 넣어 꿰매고는 달을 채운다.

달이 차자 제우스의 메로스에서 한 아이가 나온다. 이 아이는 미치광이가 되어 세상을 떠돌다가 머나먼 힌두스 땅 뉘사로 가서 포도주 만드는 법, 질탕하게 마시고 농탕하게 노는 법을 배운다. 그리스로 돌아와 이것을 그리스인들에게 가르치게 되는데, 이 제우스의 아들이 바로 디오뉘소스다.

바야흐로 황음난교(荒淫亂交)를 뜻하는 '디오뉘소스 축제(Dionysia)'가 비롯되고, 광신자들은 황음난교의 질탕한 술자리(dionysiac orgia)를 통하여 무시로 오르가스모스(orgasmos)에 이르고는 했다. 하지만 도덕군자들이 의분을 느낄 일은 아니다. 그리스의 연극과 문학이 다 이 디오뉘소스 축제를 통해서 꽃피었던 것이니까. 남근상을 숭배하는 전통이 이때 디오뉘소스에 묻어 그리스로 들어온 까닭은 이로써 분명해진다.

초기 디오뉘소스 광신자들이 둘러메고 다녔다는 남근상은 힌두교도들

한 지방과 다른 지방의 경계 선상에 서 있는 헤르메스 상(헤르마) 앞에서 춤을 추는 디오뉘소스의 광신도들. 어린 아이들(왼쪽)까지도 술을 상징하는 포도즙을 받아 마시고 있다. 17세기 프랑스 화가 니콜라 푸생의 그림.

그리스의 델로스 섬은, 아폴론과 아르테미스의 어머니인 레토 여신의 신전이 있는 곳이기도 하고 디오뉘소스 숭배의 중심지 중 하나이기도 하다. 델로스에 서 있는, 거대한 팔로스 봉납석상(奉納石像)은 물론 디오뉘소스에게 바쳐진 것이다. 기원전 3세기.

이 숭배하던 시바 신의 상징인 '링감(lingam)'이다. 흔히들 남근상을 '팔루스(phallus)'라고 하는데 이것은 라틴 식 표현이고 그리스 식으로는 '팔로스(phallos)'이다. 산스크리트어 '링감'의 짝이 되는 것은 '요니(yoni)', 즉 '여천(女泉)'이다. 링감과 요니는 각각 '바람에 흔들리지 않는 뿌리 깊은 나무, 가뭄에 마르지 않는 샘이 깊은 물'인 것이다.

그런데 문제는 영국의 고전학자 에드워드 포코크의 주장이다. 포코크에따르면 그리스의 고대 문화는 인도인이 이룩한 문화다. 그의 주장을 요약해보자. 뉘사 근방에는 '메루', 또는 '수메루'라는 산이 있다. '메루'는 '산'을 뜻

알렉산드로스의 옆얼굴이 새겨진 4드라크마 화폐(기원전 4세기). 알렉산드로스의 머리 장식에 디오뉘소스의 포도 덩굴과, 제우스 암몬의 뿔이 보인다. 사람들은 이 당시에 이미 알렉산드로스를 디오뉘소스 및 제우스와 동일시했던 모양이다.

하고 '수메루'는 '거룩한 산'을 뜻한다. 그러니까 '세멜레'니 '메로스'니 하는 것은 디오뉘소스가 살던 뉘사 근방의 지명인 '메루'와 '수메루'를 확대 재생한 신화에 지나지 않는다는 것이다. 그는 인도의 바하르 땅에 살던 마게단인들이 브라만과의 계급투쟁에서 패배하고 그리스로 건너갔다고 주장한다. 이 마게단인들은 그리스 본토에서 살다가 북방으로 이주하게 되는데 북방에서 이들이 건설한 나라가 '마게단인들의 나라', 즉 '마케도니아'라는 것이다.

그렇다면 알렉산드로스의 뉘사 정복은 무엇을 뜻하는가? 헬레니즘 문화의 뿌리와의 만남이 아니고 무엇인가?

이때부터 알렉산드로스가 자신을 디오뉘소스와 동일시하기 시작했다는 증거는 도처에 나타난다. 플루타르코스는, 알렉산드로스의 군대가 뉘사에서 그리스로 귀환할 때의 행렬은 차라리 디오뉘소스의

알렉산드로스의 의지였을까? 조각가가 알렉산드로스에게 아첨하고 싶었기 때문일까? 알렉산드로스가 헤라클레스처럼 사자 가죽을 머리에 쓰고 있다. 기원전 3세기. 미국 보스턴 미술관 소장.

귀환과 다를 바가 없었다고 쓰고 있다. 알렉산드로스가 여덟 필의 말이 끄는 거대한 마차 위의 누대에서 장군들과 함께 주야를 가리지 않고 주연을 베풀었다는 것이다. 페르시아에 이르렀을 때는 장군들을 모아 1탈란톤짜리 금관을 상품으로 내걸고 술 시합을 벌이게 했는데 포도주 4쿠스(약 12리터)를 마신 이 시합의 승리자는 금관을 쓰고 사흘을 좋아하다가 죽었다. 아테나이의 군인 카레스의 기록에 따르면 시합의 후유증인 술병으로 죽은 장군이 물경 41명에 이르렀다.

알렉산드로스가 그리스 본토로 개선했을 당시 코린토스 회의는 그가 그리스 여러 도시 국가의 내부 문제에 간섭하지 않는다는 조건 아래 신격(神格)을 허용하자고 제안했다. 데마테스는, 알렉산드로스를 올림포스의 13번째 신으로 인정하되, 인도로부터 술 냄새를 풍기며 돌아온 그를 디오뉘소

헤라클레스는 그리스 남부 네메아에서 몽둥이로 사자를 때려잡은 영웅으로 유명하다. 그는 어디를 가든 그때 잡은 사자 가죽을 어깨에 두르고, 몽둥이를 들고 다닌다. 뤼시포스가 제작한 헤라클레스 대리석상의 로마 시대 복제품.

왼쪽부터 제우스, 술시중 드는 가뉘메데스, 불씨의 여신 헤스티아, 그리고 아름다움의 여신 아프로디테. 제우스가 왼손에 벼락을 들고 있는 것에 주목할 것. 기원전 4세기의 접시 그림.

스의 화신(化身)으로 숭배할 것을 제안하기도 했다. 그 제안을 두고 '개 같은 내 인생'을 노래하던 견유철학자 디오게네스는 이렇게 빈정거렸다고 한다.

"저 친구들이 알렉산드로스를 디오뉘소스의 화신이라고 한 다음에는 틀림없이 이 디오게네스를 세라피스의 화신이라고 할 테지."

세라피스는 디오뉘소스보다 신격이 까마득히 높은 이집트 신이다.

이제 알렉산드로스의 뉘사 정복이 인류 문화

오른손으로 벼락을 던지는 제우스. 기원전 5세기의 기름병 그림. 불교의 집금강신이 오른손에 벼락을 들고 있던 것과 무관하지 않아 보인다.

알렉산드로스의 인도 정벌로 인도 미술에는 어떤 변화가 일어났는가? 옆의 돌을새김은, 부처를 옹위하는 집금강신(執金剛神) 봐즈라파니(아래, 왼쪽)의 모습을 보여 준다. 집금강신은 놀랍게도, 머리에는 사자 가죽을 쓰고, 오른손에는 벼락을 들고 있다. 대영박물관 소장.

사에서 얼마나 중요한 의미를 지니는지 간추려 보자. 디오뉘소스가 인도에서 돌아온 직후 그리스에는 어마어마한 주광(酒狂)의 소용돌이가 인다.

디오뉘소스의 광신자들이 주광이 들어 제 아비, 제 어미를 찢어 죽이는 사태가 무수히 발생한 것이다. 포도주를 만드는 법과 마시는 법을 가르친, 말하자면 인류의 문화를 개명시킨 디오뉘소스 자신이 광신자들 손에 찢겨 죽었다는 전설도 있다. 그러나 그 전설도 포도의 신, 곡물의 신이기도 한 그가 세세연년 부활하는 것을 부정하지 않는다.

알렉산드로스가 인도에서 돌아오면서 광란의 술잔치 소동을 부림으로써 자신을 디오뉘소스와 동일시한 것은 어쩌면 디오뉘소스의 그 부활하는 신격을 염두에 두고 있었기 때문인지도 모른다.

마침내 전기 작가 A. 웨이고올은 이렇게 쓰고 있다.

"사람들은 기원 후 몇 세기가 지나기까지, 그 마음이 지극히 온유했던 디오뉘소스를 그리스도와 동일시했다."

영웅을 쓰러뜨리는 '자기 안의 적'

플루타르코스에 따르면 알렉산드로스는 퀴로스(Cyros)의 무덤이 도굴된 것에 큰 충격을 받는다. 퀴로스가 누구던가? 적국 페르시아의 건설자다. 붙잡힌 도굴범은 알렉산드로스 자신의 고향인 펠라 사람이었다. 그는 동향인을 사형에 처하고 퀴로스의 무덤에 다음과 같은 명문이 든 비석을 세우게 했다.

사자 가죽을 뒤집어쓴 집금강신. 중국 산서성 맥적굴.

"나그네여, 그대가 누구시든, 어디 분이시든 나는 그대가 올 줄을 알고 있었소. 나는 페르시아 제국의 건설자 퀴로스……. 바라건대 내 몸을 덮고 있는 한 줌의 흙을 탐내지 마소서."

플루타르코스의 말에 따르면, 이 글귀를 읽은 알렉산드로스는 '인생의 무상'을 뼈저리게 느낀 것으로 되어 있다. 플루타르코스를 직역한 이 영문(英文)을 한국어로

병색이 완연한 술의 신 디오뉘소스. '병든 바쿠스'라는 제목이 붙은 16세기 이탈리아 화가 카라바조의 그림. 로마 보르게제 미술관 소장.

번역해 보면, 1세기의 로마 시대를 살던 그리스인 플루타르코스의 어휘로 믿어지지 않을 정도로 정확하게 '인생무상(人生無常)'이 된다.

존 M. 오브라이언의 저서 『알렉산드로스 대왕』의 부제(副題)는 '보이지 않는 적'이다. 마침내 알렉산드로스를 쓰러뜨린 것은 보이지 않는 적이었다는 것이다.

인생의 정점에 이른 많은 영웅들은 '나를 벨 칼은 내 안에 있을 뿐'이라고 호언하는 수가 있다. 알렉산드로스도 그랬다. 그러나 외부의 칼날에 목숨을 잃지 않는 영웅은 반드시 '자기 안의 적'의 손에 쓰러지게 되어 있다.

알렉산드로스도 그랬다. 문제는 알렉산드로스를 쓰러뜨린 그 보이지 않는 적의 칼날이 어떤 칼날이었던가 하는 점이다. 오브라이언에 따르면 그것은 디오뉘소스적(的) 황음무도와 디오뉘소스 밀교에 묻어 있는 힌두스적(的) 허무주의다.

알렉산드로스는 '세계'(당시의 표현대로)를 정복했다. 미국 작가 리처드 아모어의 말마따나 알렉산드로스에게 정복당하지 않는 유일한 방법은 꽁꽁 숨어 있음으로써 세계에 편입되지 않는 길뿐이었다. 그는 자신이 정복한 세계가 하나의 통일된 정치 체계에 의해 평화로운 제국으로 다스려지기를 바랐다. 그러나 그의 제국에는 태생적 한계가 있었다. 바로 그의 제국이 군대의 힘, 칼의 위력에 의지하지 않으면 지켜질 수 없었다는 점이다.

그는 자기의 세계 정복은 인류의 행복을 위하는 길이라고 굳게 믿었다. 그러고는 저항하는 자들에 대한 살육을 이 믿음으로 정당화했다. 그는 인간의 우애를 믿었다. 그러나 '알렉산드로스에 의한 평화(Pax Alexandros)'는, 그의 전제적 군림을 전면적으로 수용한다는 전제 아래서만 가능하다. 그런데 그런 절대 권력자가 자기 권력의 한계와 인생의 무상을 절감하게 된다.

그리스 작가 아테나이오스는, 알렉산드로스는 인생의 정점에 이르렀을 당시 한동안 여장(女裝)을 즐겼다고 주장한다. 여장하고 아르테미스 여신 시늉을 하고 있었다는 것이다. 그리스 신화에서 영웅들이 여장했던 예를 찾기는 어렵지 않다. 헤라클레스가 자기 죄를 닦기 위해 옴팔로스 땅 옴팔레 여왕의 궁전에 머물 때도 여장을 한 채 지냈고, 테세우스가 무수한 괴물을 죽이고 아테나이로 입성할 때도 여장하고 입성했으며, 트로이아 전쟁에의 참전을 피하기 위해 아킬레우스가 숨어 살 때도 여장하고 있었다.

그러나 알렉산드로스의 여장은 조금 다르다. 그는 여장한 채, 미남 청년

여장은 영웅전에 자주 등장하는 모티프다. 헤라클레스는 옴팔레 여왕 밑에서 여장하고 지냈던 것으로 전해진다. 18세기 프랑스 화가 프랑수아 르무안이 그린 「헤라클레스와 옴팔레」.

트로이아 전쟁을 기피하기 위해 여장하고 뤼코메데스 왕의 딸들 속으로 숨어 버린 아킬레우스(중앙)와 아킬레우스의 정체를 밝히는 꾀돌이 장군 오뒤세우스(왼쪽). 17세기 프랑스 화가 시몽 부에의 그림.

장교 헤파이스티온의 목을 자주 맨팔로 껴안음으로써 휘하의 장수들을 곤혹스럽게 했다고 한다. 그에게 동성애적 성향이 있었다는 증거는 없다.

여장하고 뤼코메데스의 딸들 속에 숨어 있던 아킬레우스 (맨 오른쪽)가, 오뒤세우스의 진군 나팔 소리 흉내에 속아 자기도 모르는 사이에 칼을 뽑고 있다. 17세기 프랑스 화가 니콜라 푸생의 그림.

그러나 A. 웨이고올은 알렉산드로스 전기에서, 알렉산드로스가 여자들에게 무정했던 반면에 동성인 헤파이스티온에게만은 격렬한 감정과 경건한 신비주의의 성향을 수시로 드러내었다고 주장한다. 그는 허무주의적 남색가였던 것일까?

사람은 가까운 이의 죽음에서 자기 죽음의 전조(前兆)를 읽어 내는 경우가 자주 있다. 가까운 이의 죽음이 당사자 죽음의 전조 노릇에 그칠 때가 있는가 하면 직접적인 원인이 될 때도 있다.

알렉산드로스 대왕이 엑바타나, 지금의 이란에 있을 당시 헤파이스티온이 열병에 걸리고 말았다. 왕은 시의(侍醫)를 보내어 돌보게 했다. 시의는 식이요법으로 헤파이스티온을 치료하려 했지만, 갈증에 시달리던 헤파이스티온은 시의가 없는 사이에 통닭 한 마리를 먹고 술 한 항아리를 들이켜고는 숨을 거두었다.

헤파이스티온의 죽음에 거의 발광할 지경에 이른 왕은 그를 조상(弔喪)하는 뜻으로 칼을 뽑아 자기의 금발부터 자른 다음, 병영의 말과 노새의 갈

친구이자 전우인 파트로클로스의 주검 앞에서 비탄에 잠긴 붉은 망토 차림의 아킬레우스. 18세기 화가 펠레그리니의 그림.

기와 꼬리털도 모두 자르게 했다. 그뿐인가. 그는 시의를 형주(刑柱)에 매달고, 인근 코사이아 족을 공격, 몰살시킴으로써 헤파이스티온에 대한 제물로 삼았다. 파트로클로스가 죽은 뒤에 아킬레우스가 오래 살지 못했듯이 헤파이스티온이 죽은 뒤로 알렉산드로스도 오래 살지 못했다.

며칠 뒤 알렉산드로스의 시종은 용포 차림에 왕관을 쓰고 왕좌에 앉아 있는 낯선 사내를 발견했다. 시종이 누구냐고 묻자 낯선 사내가 대답했다.

"나는 디오뉘시오스(!)라는 사람인데, 메세나에서 죄를 짓고 페르시아로 잡혀 와서 오래 옥에 갇혀 있었소. 그런데 문득 세라피스 신이 나타나서 사슬을 풀어 준 뒤 나를 이리로 데려오더니 용포를 입히고 왕관을 씌우고는 왕좌에 가만히 앉아 있으라고 하더이다."

이 말을 전해 들은 왕은 즉시 그 낯선 사내를 죽이게 했다. 그런 다음에야 그는 신들이 자기를 저버렸다면서 땅을 치고 후회했다. 사내가 말한 세라피스 신이 곧 디오뉘소스 신이라는 것을 깨달은 것이다. 이 낯선 사내가 당한 일은, 최초의 디오뉘소스 교도(敎徒)인 아코이테스가 그리스 땅에서

알렉산드로스는 정복 전쟁을 통하여 외국의 문명을 그리스 안으로 흡수해 들였는데 이것이 바로 알렉산드로스 이후에 전개되는 헬레니즘이다. 알렉산드로스 이미지는 현지에서 토착화하기도 했다. 그림은 이집트의 아문 신(神)과 대작하는 알렉산드로스. 이집트 룩소르의 부조.

당했던 일과 정확하게 일치한다. 아코이테스는 죄지은 일도 없이 펜테우스 왕의 감옥에 갇혀 있다가 디오뉘소스에 의해 똑같은 방법으로 풀려났던 뱃사람이다.

그로부터 한 달 뒤 알렉산드로스는 고열로 신음하다가 갈증을 이기려고 마신 술에 취해 광란하다 죽었다. 재위 13년째 되는 해 6월 13일 해 질 무렵이었다.

페르시아인들은, 적이면서도 알렉산드로스를 위대한 통치자라고 여겼다. 알렉산드로스 (왼쪽에서 두 번째)가 페르시아인들과 한 배에 타고 있다. 15세기 페르시아 원고의 삽화.

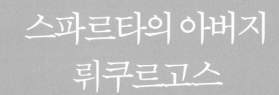

스파르타의 아버지
뤼쿠르고스

스파르타에 관한 오해와 진실

'스파르타 식(Spartan)'이라는 말 뒤에는 으레 강경 일변도의 '훈련'이라는 말이 따라붙는다. '스파르타'라는 말에 묻어 있는 이미지는 순후함과는 거리가 멀다. 한마디로 강경하다. 하지만 스파르타인은 강경한 증오로 무장한, 미덕과는 거리가 먼 땅벌 떼 같은 시민들이기만 했던 것일까? 천만에. 스파르타인에게는 '스파르타의 덕목', 우리가 다시 본받아 가꾸어야 할 미덕이 있었다.

스파르타의 별칭은 라케다이몬(Lakedaimon)이다. 그래서 '스파르타 식'은 강경한 이미지를 뿜어내지만 '라케다이몬 식(Lacedaemonian)'이라고 할 때는 무뚝뚝한 말투와 촌철살인이라고 할 만큼 간명한 수사법의 상징이 된다. 19세기 미국인에게도 '라케다이몬 식'은 찬사에 속했다.

필자가 8년 동안 머물렀던 미국 미시건 주립대학교의 상징은 '스파르타인'이다. 대학 구내에는 벌거벗은 스파르타 병사의 동상이 서 있고 400명에 이르는 우리 한국인 연구자들과 대학원생들이 사는 아파트 이름은 '스파르타 마을'이다. 학생회장의 연설문에 등장하는 학생들 호칭은 '펠로우 스파르탄', 즉 '스파르타인 여러분'이다. 이 학교는 학생들을 스파르타 식으로 훈련하는 교육기관이고자 하는 것일까? 그렇지 않다.

세계 최대 규모의 농과대학을 보유하고 있는 이 대학교를 상징하는 또 하나의 이미지는 '마그나 마테르(Magna Mater)', 즉 '크신 어머니(太母)'이다. 이 크신 어머니가 누구냐 하면 바로 그리스 땅 프뤼기아 지방의 여신 퀴벨레, 즉 곡물과 결실의 여신이다. 그리스 신화에 퀴벨레의 뒤를 이어 등장하는 곡물의 여신 이름은 '데메테르'다. 이 데메테르 여신의 라틴 이름은 '케레스'다. 미국인들이 아침마다 우유에다 타 먹는 것은 '케레스'의 영어식 이름 '시어리스'의 선물, 즉 '시리얼'이다. 미시건 주 남단에 있는 도시 배틀크리크에는 미국 최대의 시리얼 공장이 있다. 그래서 이 도시는 '아메리카의 죽사발(American Cereal Bowl)'이라는 별명으로도 불린다.

스파르타는 싸움박질만 한 나라가 아니고 기원전 10세기 당시에는 그리스의

'마그나 마테르'라는 별명으로 불리는 퀴벨레 여신.

대표적이고도 모범적인 농업 국가였다. 스파르타인은 호전적이기만 한 종족은 아니었다. 스파르타인의 악착같던 근성은 그리스 춘추전국시대의 필요악이었을 뿐이다.

그렇다면 누가 그들을 우리가 알고 있는 스파르타인으로 길렀는가? 기원전 9세기 사람으로 전해지는 뤼쿠르고스이다. 그는 히브리의 모세에 견주어지는 스파르타의 과묵한 입법가였다.

뤼쿠르고스는 폴뤼덱테스 왕의 아우였다. 세상을 떠날 당시 폴뤼덱테스 왕에게는 아들이 없었으

미국 미시건 주립대학교를 상징하는 스파르타인. 이 대학 학생들의 별칭이기도 하다.

므로 왕좌는 당연히 뤼쿠르고스의 차지가 될 터였다. 실제로 그는 한동안 왕좌에 앉기는 했다. 그러나 그는 형수가 회임한 것을 확인하는 즉시 물러나 왕좌를 공석으로 만들었다. 물러나면서 그는, 왕비가 낳게 될 자식이 아들일 경우 바로 그 아들을 왕위에 올리고 자신은 프로디코스(prodicos), 즉 섭정을 맡을 것이라고 선언했다.

그런데 형수인 왕비가 그에게 해괴한 제안을 했다. 태아를 유산시킬 것인 즉 자기와 결혼하고 왕좌에 오르라는 것이었다. 그는 거절하지 않았다. 대신 한 가지 조건을 내걸었다. 아기를 강제로 유산시키면 건강을 해치게 될 테니 부디 달을 채워 순산하라는 것이었다. 순산하면 아기를 자기 손으로

교육의 이점을 논하는 뤼쿠르고스. 17세기 네덜란드 화가 카이사르 반 에베르딩겐(Caesar van Everdingen)의 그림.

확인 살해할 것이니 연후에 혼인하자는 것이었다. 왕비는 그 말을 옳게 여기고 아기를 유산시키지 않았다. 이윽고 왕비가 달을 채웠다. 진통을 시작했다는 소식이 들리자 그는 부하들에게 은밀하게 명했다.

"태어난 아기가 딸이거든 여인네들에게 맡기되, 아들이거든 나에게로 안고 오라. 내가 어디에서 무슨 일을 하고 있든."

은밀하게 풀어 둔 부하들이 갓 난 사내아이를 안고 온다는 전갈을 받았을 때 그는 원로들과 식사 중이었다. 그는 식당에서 달려 나가 사내아이를 받아 안았다. 그러고는 자기 손으로 확인 살해하는 대신 아기를 안은 채 다시 식당으로 들어가 원로들에게 선언했다.

교육의 중요성을 논하는 뤼쿠르고스. 16~17세기 벨기에 화가 오토 반 벤(Otto van Veen)의 그림.

"스파르타인들이여, 여기 우리의 왕이 나셨소."

그는 왕자를 '카릴라오스'라고 부르게 했다. '만 백성의 기쁨'이라는 뜻이었다. 그러나 스파르타 시민들은 왕자 대신 의로운 인간 뤼쿠르고스를 그렇게 불렀다.

고대 스파르타 병사의 청동상. 이들은 '키톤'이라는 짧은 치마 위에 흉갑을 입고, 무릎에도 청동제 무릎 가리개를 찬다. 베를린 국립 박물관 소장.

뤼쿠르고스는 스파르타의 프로디코스가 되지 못했다. 모욕당했다고 생각한 왕비가, 스파르타인들은 머지않아 자기 조카를 대신해서 왕좌에 오르는 뤼쿠르고스를 보게 될 것이라는 소문을 퍼뜨렸기 때문이다. 의로운 인간 뤼쿠르고스는 조카가 성장하여 대를 이을 왕자를 두게 될 때까지는 돌아오지 않을 것을 결심하고 나라를 떠났다.

그는 그로부터 근 10년 동안 크레타를 비롯한 그리스 각 지방, 소아시아, 이집트, 에스파니아, 아프리카, 인도를 여행했다. 크레타에서는 현자 탈레스와 교우했고, 소아시아에서는 당시 그리스에는 단편적으로만 소개되고 있던 호메로스의 『일리아스』와 『오뒤세이아』를 완벽하게 필사(筆寫)했으며, 인도에서는 알몸으로 수행한 것으로 유명한 나수자들과 어울렸다.

스파르타인들은 그 오랜 세월이 흐르도록 뤼쿠르고스를 잊지 않고 그리워했다. 그들은 뤼쿠르고스의 거처가 확인될 때마다 대표자를 보내어 그를 불렀다. 그는 대표자들로부터 조국이 중병에 걸려 있다는 사실을 확인한 뒤에야 귀국했다. 입법을 통한 개혁의 청사진을 마련한 그는 귀국하는 즉시 델포이에 있는 아폴론 신전으로 달려갔다. 신이 맡겨 놓은 뜻은 이러했다.

"그대는 신이 사랑하는 사람이다. 그러나 그대는 인간이기보다는 신에 가깝다."

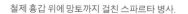
철제 흉갑 위에 망토까지 걸친 스파르타 병사.

‘신이 사랑하는 사람’. 그리스어로는 ‘테오필로스(Theophilos)’, 라틴어로 직역하면 모차르트의 별명으로 유명한 ‘아마데우스(Amadeus)’가 된다. 독일인 이름에 자주 등장하는 ‘고틀리베(Gotliebe)’ 역시 ‘테오필로스’의 직역이다. 수천 년의 종교사를 가로질러 온, 이 얼마나 유구한 이름인가!

플루타르코스는 스파르타를 ‘사람을 길들이는 나라’라고 부른다. 하지만 뤼쿠르고스는 입법을 통한 개혁으로 바로 그 스파르타를 길들인 사람이다.

스파르타의 설계자

왕권에 대한 인민의 도전은 인류 역사의 중요한 한 측면을 이루는데, 이 역사는 영국에서 ‘마그나 카르타(Magna Charta)’, 즉 대헌장(大憲章)이 제정되는 1215년에 이르러서야 비로소 한 송이 꽃으로 피어난다. 뤼쿠르고스는 그 꽃의 씨앗을 그로부터 무려

2000년 전에 뿌린 장본인이다. 뤼쿠르고스는 원로원을 통해 왕권을 축소함으로써 개혁의 첫걸음을 내디뎠다. 그가 제정한 '레트라(Rhetra)', 즉 대법전(大法典)의 첫 부분은 왕의 정치권력을 원로원과 나누는 것을 골자로 하고 있다.

뤼쿠르고스 사후 '에포로이(Ephoroi)', 즉 민선 장관들이 사사건건 왕정에 간여하자 당시의 테오폼포스 왕의 왕비는 이렇게 불평했다.

"선조로부터 물려받은 왕권이 이제 이렇게까지 줄어들었어요. 이러다 자식들에게 물려줄 것이 없겠군요?"

그러자 테오폼포스 왕은 이렇게 응수했다.

"천만에. 줄어든 것이 아니라 늘어난 것이오. 왕권이 오래 갈 것이니까."

이 이야기는 노(魯) 나라의 현명한 재상 공손의(公孫儀)의 고사(古事)를 떠올리게 한다. 그는 생선을 매우 좋아했음에도 아랫사람들이 생선을 바치면 늘 거절했다. 하루는 그의 아우가, 좋아하면서 어째서 거절하느냐고 물었다. 공손의는 선물이 곧 뇌물이라면서 이렇게 대답했다.

"뇌물 먹다가 잘리지 않고 내가 이 자리에 오래 앉아 있어야 생선 또한 오래 즐길 수 있을 것이 아니겠는가."

테오폼포스는 과연 뤼쿠르고스의 혜안을 꿰뚫어 본 왕이었다. 이웃의 도시 국가들인 아르고스나 메세나의 왕들은 인민의 요구에 맞서다 모든 것을 잃고 알거지가 되었지만 스파르타의 왕권은 권력 분산이라는 완충 장치를 통해 그 뒤로도 500년 동안이나 소박한 영화를 누릴 수 있었다.

뤼쿠르고스에 의한 두 번째 개혁은 자못 우화적이어서 오늘날에 그대로 적용될 수 있는 성질의 개혁은 아니다. 하지만 우화라는 것이 무릇 그렇듯이 그 의미는 자못 심장하다.

그는 금화와 은화를 없애고 쇠돈만 쓰게 했다. 쇠돈은 무겁기만 했지 교환가치는 형편없이 낮아서 닭 한 마리를 사러 가려고 해도 상당히 질긴 주머니가 필요했고 소 한 마리를 사러 가려면 소달구지 한 대가 필요했다. 플루타르코스는 "이런 화폐 제도가 보급되자 스파르타에서는 악덕이 사라졌다." 라면서 이렇게 묻고 있다.

"감추기도 쉽지 않고, 가지고 있어 봐야 별 볼일이 없고, 잘라 봐야 쓰지도 못할 그런 돈을 어느

로마 신화에 등장하는 케레스는 그리스 신화의 데메테르와 동일시된다. 케레스는 제우스와의 사이에서 낳은 딸 페르세포네를 저승의 왕 하데스가 납치해 가자 딸을 찾아 나선다.

누가 불법으로 모으려 하거나, 힘으로 빼앗으려 하거나, 뇌물로 먹으려고 할 것인가?"

세 번째 개혁은 사치와 물욕에 대한 결정타였다. 그것은 스파르타 국민은 모두 공동으로 식사하되 똑같은 빵과 고기를 먹어야 한다는 법령이었다. 그는 이로써 국민이 먹을거리 때문에 인생을 낭비하는 일이 없도록 했다. 그 결과는 놀라웠다. 식탁에서의 빈부가 사라지면서 '재물'이라는 개념이 사라졌다. 이로써 스파르타는 '플루토스는 눈이 멀었다.'라는 속담을 현실로 만들어 낸다. 플루토스는 부(富)의 신이다.

미국인들은 미국을 '거지든 대통령이든 아침식사로 똑같은 것을 먹는 나라'라고 말하기를 좋아한다. 거지든 대통령이든 아침에는 누구든지 우유

에다 푼 시리얼을 먹는다는 것이다. '시리얼'이 무엇인가? 앞에서도 썼지만 '케레스의 선물'이라는 뜻이다.

당시의 스파르타인들은 부자든 빈자든 약 15명 정도가 모여 함께 음식을 장만하고, 함께 먹었다. 스파르타 어린이들에게 이 공동 식당은 예절 학교와 같았다. 공동 식당의 연장자는 사람이 하나씩 들어올 때마다 문 쪽으로 가리키며 이렇게 말하고는 했다.

"저 문으로는 어떤 말도 새어나가지 못하게 해야 한다."

이 풍습은 그로부터 수백 년 동안이나 엄격하게 지켜졌다. 뒷날 아테나이 군과의 전투에서 개선한 아기스 왕은, 승리를 위세하면서 공동 식당으로 사람을 보내어 왕비와 단둘이서 먹을 수 있도록 음식을 가져오게 했으나 거절당한 일이 있을 정도다. 이 일로 아기스 왕은 벌금을 물었던 것으로 전해진다.

뤼쿠르고스는, 허술한 밥상 앞에 앉아 "반골(叛骨)과 이런 밥상은 동무가 되지 못하겠다."라고 한 에파미논다스를 진정으로 이해하고 있던 사람이었다.

뤼쿠르고스의 대법전인 '레트라'에는, 가정집의 들보 재목은 도끼로만, 문틀은 톱으로만 마감해야 한다는 규정도 있었다. 뤼쿠르고스는, 집 짓는 데 쓰이는 재목을 매끄럽게 마감질하게 하면 백성들이 매끄러운 집 안에 맞는 침대, 그 침대에 어울리는 이불에 탐닉할 것이라고 생각했던 것이다.

뤼쿠르고스의 이런 혜안은 저 주(周) 나라의 한 현명한 재상을 연상시킨다. 이 재상은, 황제가 상아 젓가락을 마련했다는 소문을 듣고는 크게 한탄했다. 까짓 젓가락 한 벌로 한탄까지 하느냐는 사람들에게 그 재상은 대답했다.

프랑스의 인상파 화가 에드가 드가가 그린, 에우로타스 강가에서 몸을 단련하는 적극적인 스파르타 소년 소녀들. 소년들은 몸에 아무것도 걸치지 않았다.

"조금 있으면 상아 젓가락에 어울리는 그릇을 고를 터이고, 조금 더 있으면 그 그릇에 어울리는 밥상, 그 밥상에 어울리는 음식을 요구할 것입니다."

스파르타는 국민의 살림살이가 지극히 소박한 나라였다. 뒷날의 한 스파르타 왕은 코린토스 왕궁 문틀의 화려한 돋을새김을 보고는 이렇게 물었다고 한다.

"이 나라 나무는 이런 모양으로 자라오?"

뤼쿠르고스의 대법전 '레트라'에는 한 나라와 오랜 기간에 걸쳐 여러 차례 전쟁하는 것을 금지하는 조항도 있었다. 그랬다가는 오히려 적국에 전술을 가르치고 적군을 훈련시킬 위험이 있다는 이유에서였다. 뒷날의 스파르타 왕 아게실라오스는 이 조항을 어기고, 처음에는 상대도 되지 않던 테바이와 여러 차례 싸우다 큰 부상을 당한 적이 있었다. 한 스파르타인은 어리석은 아게실라오스를 비웃었다.

"싸울 생각도 없었고 싸울 줄도 모르던 테바이인들을 훌륭한 싸움꾼으로 만드시더니, 잘코사니지 뭐요."

스파르타의 강경한 풍속

그리스의 모든 도시 국가의 체육 경기에서 참가자는 알몸으로 뛰게 되어 있었다. 물론 여성도 관람객에서 제외되지 않았다. 이런 전통은 로마 시대까지 이어졌다. 여성이, 남성의 알몸을 마음껏 구경할 수 있는 이 경기 관람을 금지당한 것은 로마 시대 풍속 새마을 운동의 창시자 아우구스투스 황제 때의 일이다.

뤼쿠르고스는 스파르타 남성의 체육 경기를 강화하는 동시에 여성의 뜀박질, 씨름, 원반던지기, 창던지기 겨루기를 제도화했다. 여성다움으로 여겨지던 모든 소극적인 생활 태도를 버리게 하기 위하여 그는 여성도 남성처럼 알몸으로(!) 겨루기에 참가하게 한 것이다. 스파르타 처녀들은 벌거벗는 것을 부끄러워하지 않았다. 외국에서 온 한 여성이, 알몸으로 겨루기를 하고 있는 스파르타 여성들을 보면서 이런 말을 했다.

"이 세계에서 남성을 지배할 수 있는 여성은 스파르타 여성뿐이겠군요."

그러자 한 스파르타 여성이 응수했다.

"당연하지요. 남성을 낳을 수 있는 것은 우리뿐이니까요."

출산이 장려되던 스파르타에서 노총각이나 홀아비는 푸대접을 받았다.

알몸으로 뛰는 단거리 경주 선수들.

아프로디테 축제 때는 남녀가 벌거벗고 어울리는 춤판이 벌어지고는 했다. 이런 춤판은 결혼의 동기 유발을 겨냥한 정책적인 축제였다. 그러나 노총각이나 홀아비는 이런 축제에 참가할 수 없었다.

데르킬리다스는 나라에 큰 공을 세운 장군이었지만 슬하에 자식이 없었다. 한 젊은이가 이 유명한 장군이 다가오는데도 자리를 양보하지 않았다. 장군이 꾸짖자 스파르타 젊은이가 응수했다.

"장군께는, 장차 나를 위해 자리를 양보해 줄 자식이 없지 않소?"

남녀가 경기장이나 축제 마당에서 알몸으로 뒤얽히는데도 불구하고 스파르타에는 간통이라는 것이 없었다. 게리다스라는 스파르타 사람은, 한 외국인으로부터 스파르타는 간통한 사람에게 도대체 어떤 벌을 내리느냐는 질문을 받았다. 게리다스와 외국인 사이에는 이런 말이 오고갔다.

"우리나라에는 그런 사람이 없소."

"만일에 그런 사람이 있다면 어떻게 되지요?"

"타위게토스 산꼭대기에 선 채로 에우로타스 강물을 마실 수 있을 만큼 목이 긴 소를 벌금 대신 내야 하오."

"에이, 그렇게 목이 긴 소가 어디에 있어요?"

"그러니까 간통하는 사람도 없지."

스파르타 결혼 풍속은 약탈 혼인에 가깝다. 하지만 미성년자 약탈은 법으로 엄격하게 금지되어 있었던 만큼 반드시 혼기가 찬 성숙한 처녀를 약탈해야 했다. 신방에 들면서 신랑이 신부를 안고 들어가는 서양 풍습은 이 약탈혼 풍속의, 퇴화되다 만 꼬리뼈 같은 것이다. 신랑이 신부를 약탈해 오면, 결혼을 주재하는 여인이 와서 신부의 머리카락을 홀랑 깎고는 남장(男裝)을 시킨 다음 어두운 방 안에다 남겨 둔다. 신랑은 평상복 차림으로 신부가 기다리는 컴컴한 방으로 들어와 '처녀림을 열고는' 신부를 취하되, 꼭 공동 식당에서 저녁 먹듯이 무덤덤하게 취하고는 합숙소로 돌아가 버린다. 스파르타의 부부는 자식이 여럿 태어나기까지 서로 얼굴을 모르는 것이 예사였다. 뤼쿠르고스는 이렇게 해야 부부의 자제력이 날로 튼튼해지고 사랑의 선도(鮮度)가 지켜질 수 있을 것으로 보았던 모양이다.

스파르타인들은 갓난아기를 물로 씻는 것이 아니라 포도주로 씻었다. 아기의 체질을 시험하기 위해서였다. 포도주로 씻기면 간질병이 있거나 허약 체질인 아기는 기력이 빠지는 데 견주어 튼튼한 아기는 더 튼튼해진다고 믿었다.

열두 살이 지난 아이는 속옷을 입지 못하도록 법으로 정해져 있었다. 남의 집 채소 서리를 한다든가 식당에서 먹을 것을 훔치는 것 자체는 허물이 아니었다. 하지만 들키거나 붙잡히면 가차 없이 매를 맞았다. 한 아이가 남의 집에서 여우를 훔쳐 겉옷 품안에다 넣고는 도망쳤다. 여우가 이빨과 발톱으로 아이의 배를 깨물고 할퀴었지만 아이는 붙잡힐까 봐 소리를 지를 수 없었다. 결국 내장을 다 쏟고 죽은 아이를 두고 스파르타인들은 이렇게 찬양했다.

"장하지 않은가? 그 아이는 비명을 지르지도, 붙잡히지도 않았다."

아이의 명예는 곧 후견인의 명예, 아이의 불명예는 곧 후견인의 불명예였다. 후견인은 사내아이의 애인과 다르지 않았다. 그리스의 모든 도시 국가에서 그랬듯이 스파르타에서도 동성애는 허물이 아니었다. 덕망 있는 부인이 소녀에게 사랑을 고백하는 것도 부끄러운 일이 아니었다.

여성의 동성애는 원래 레스보스 섬(Lesbos Island) 풍속이었던 것으로 전해진다. 그리스의 에게 해 동부, 터키 해안 가까이에 있는 이 섬은 위대한 시인 사포(Sappo)의 고향이기도 하다. 동성애에 탐닉하는 여성들을 '레즈비

언(lesbian)', 즉 '레스보스 섬 여자들'이라고 부르는 것은 이 때문이다.

촌철살인에 능한 스파르타인

스파르타는 후세 사람들에게 적지 않게 오해를 받아 온 국가다.

농담 잘하는 미국 작가 리처드 아모어는 스파르타의 학교 풍경을 이렇게 묘사한 적이 있다.

"스파르타인의 교육은 주로 유연 도수 체조와 무기 사용법으로 이루어져 있었으니, 초급 투창 교실은 참으로 볼 만했겠다. 교사는 창을 피하느라고 몸을 요리조리 피했을 터이고, 칠판에는 구멍이 숭숭 뚫려 있었을 터이니……. 전장에서 죽어 방패에 실려 나오는 것은 젊은 스파르타 청년들의 이상이었다. 하기야 하루 종일 무거운 방패와 칼과 창을 들고 전장을 누볐으니 방패에 실린 채로 편안하게 나오기를 바란 것도 무리는 아닐 성싶다."

아모어는 스파르타에 수사학 과목이 있다는 것은 몰랐던 모양이다. 스파르타의 교사들은 아이들이 되도록 자연스럽고 우아한 수사법에 길들게 하는 데 무진 정성을 기울였다. 그들은 짧은 말 속에 풍부한 생각을 담으려고 온갖 노력을 다 기울였다. 뤼쿠르고스가 별 의미도 담겨 있지 않은 길기만 한 대화는 아예 법으로 금지하기까지 했기 때문일 것이다. 스파르타 아이들은 침묵을 지키는 데 버릇 들지 않으면 안 되었다.

스파르타인들은 언필칭 촌철살인, 한두 마디로 핵심을 찌르고 들어가는 간명한 표현법에 능했다. 이웃나라 병사들의 칼에 견주어 자기들의 것이 너무 짧다고 불평하는 아들에게 한 스파르타 어머니가 이렇게 말했다는 이야기는 너무나 유명하다.

"칼이 짧으면 한 발 더 들어가서 찌르려무나."

아테나이인이 스파르타인의, 짧아도 너무 짧은 단검을 보고 비아냥거렸다.

"요술쟁이 같으면 삼켜 버릴 수도 있겠다."

그 비아냥거림에 스파르타인은 이렇게 응수했다.

"그래도 적을 찌르기에는 충분하다."

뤼쿠르고스 자신도 말을 매우 간결하게 했던 것으로 전해진다. 그는, 스파르타에 민주주의를 정착시키는 데 수단과 방법을 가리지 말아야 한다고 주장하는 한 신하에게 이렇게 말했다.

"자네 집구석에서부터 시작하게."

그는 검소한 사람이라 신들의 제단에 제물을 바칠 때도 남들 눈에 하찮게 보이는 제물밖에는 바치지 않았다. 어째서 그렇게 하찮은 것을 제물로 바치느냐는 질문을 받자 뤼쿠르고스는 이렇게 대답했다.

"그래야 자주 바칠 수 있지."

적의 침략을 막는 최선의 방법이 무엇이냐고 묻는 친구에게 뤼쿠르고스는 이렇게 대답했다.

"청빈하게 살되, 서로 잘난 체하지 않으면 된다."

성벽이 과연 필요한 것이냐는 논의에 대해 뤼쿠르고스는 짤막한 자기 의견을 내어놓았다.

"성벽은 벽돌로 쌓는 것보다는 사람으로 쌓는 것이 낫지요."

스파르타인은 수다스러운 것을 매우 싫어했다. 조카인 카릴라오스 왕이, 어째서 법령에 원론만 덩그렇게 있을 뿐 시행 세칙이 없느냐고 묻자 뤼쿠르고스는 이렇게 대답했다.

"과묵한 사람들에게는 많은 법이 필요 없는 법이지요."

스파르타의 철학자 헤카타이오스가 공동 식당에 초대를 받고 가서도 식사가 끝날 때까지 한마디도 하지 않았다. 사람들이 해도 너무한다면서 철학자를 비난하자 친구가 대신 대답했다.

"말하는 요령을 알고 있는 사람은 말해야 할 때도 잘 아는 법이오."

말수가 적은 이 철학자는, 위진남북조 시대의 청담변론집(淸談辯論集) 『세설신어(世說新語)』에 등장하는 선비 유담(劉惔)의 친구를 떠올리게 한다. 풍류를 좋아하던 유담은 말을 잘하지 못하는 친구를 이렇게 평했다.

"말에 능하지 않아도 능히 하지 않을 줄 아는 분이다."

한 짓궂은 사람이 스파르타인 데마라토스에게 물었다.

"스파르타 국민 중 가장 훌륭한 사람이 대체 누굽니까?"

그러자 데마라토스가 대답했다.

"당신과 제일 안 닮은 사람."

이 에피소드 역시 『세설신어』에 등장하는 환온(桓溫)의 고사를 떠올리게 한다. 환온은, 당송 팔대가 시대의 선비들인 사안(謝安)과 왕탄지(王坦之) 가운데 누가 나

아테나이의 수호 여신 아테나. 의로운 전쟁의 여신이자 지혜의 여신인 아테나는 매우 독창적이어서 공업의 여신이기도 하다. 그리스 예술이 아테나이를 중심으로 발달한 것은 어쩌면 이 여신의 유연하면서도 풍부한 이미지와 무관하지 않을지도 모른다.

스파르타는 아테나 여신 대신 아르테미스를 섬겼다. 사냥의 여신 아르테미스는 야멸치고, 성미가 급하다. 스파르타에는 아름다운 예술품이 거의 없는데, 스파르타 박물관이 소장하고 있는 고대의 예술품은 소박하다 못해 초라하기까지 하다. 아테나이의 아테네 신전과 스파르타의 아르테미스 신전이 이 차이를 극명하게 보여 준다.

으냐는 짓궂은 질문을 받자 이렇게 대답했다.

"그대는 말을 함부로 하는 사람이라서 대답 못 하겠소."

도시 국가 엘리아스의 왕이 올림피아를 치른 자랑을 늘어지게 했다. 엘리아스에서 치른 것만큼 공정한 올림피아는 없다는 것이었다. 듣고 있던 스파르타 왕이 물었다.

"5년 만에 딱 하루 공정하게 구는 게 그렇게 자랑스럽소?"

스파르타 인구가 얼마나 되느냐는 질문에 한 스파르타인이 대답했다.

"못된 놈들 몰아낼 만큼은 되지요."

꾀꼬리 우는 소리를 완벽하게 흉내 낼 수 있다고 주장하는 자에게 한 스파르타 사람이 한 응수는 선문답을 방불케 한다.

"나으리, 나는 진짜 꾀꼬리가 우는 소리를 들었는걸요."

1997년 9월 4일 미국행 비행기에서 필자가 읽은 책은 케임브리지 대학의 고대사 교수를 지낸 A. H. M. 존스의 저서 『스파르타』였다. 거대한 병영 국가 스파르타의 역사를 다룬 이 책의 날개에 다음과 같은 내용이 실려 있다.

한동안 프리드리히 대왕의 궁전에 빈객으로 머물다 프랑스로 돌아온 철학자 볼테르는, 프로이센 궁전이 어떠하더냐고 묻는 사람들에게 이렇게 대답했다고 한다.

"오전에는 스파르타, 저녁에는 아테나이 같았지요."

볼테르는 그 특유의 재치로 고대 그리스를 대표하는 두 도시 국가의 분위기를 통하여 프로이센의 분위기를 전한 것이다. 그렇다면 18세기의 프로이센 궁전은 금욕적으로 육체를 단련하는 분위기와 자유롭게 정신을 단련하는 분위기를 아우르고 있었던 셈이다. 어쩐지 볼테르가, 프로이센에서 제3제국으로 이어지는 전체주의 독일과, 제2차 세계 대전 이후의 독일 분위기를 예언한 듯해서 섬뜩하다.

필자가 비행기에서 『스파르타』를 읽고 있었던 것은, 신문에다 '스파르타의 아버지'로 불리는 뤼쿠르고스 이야기를 집필하고 있던 중이었던 만큼 별로 공교로운 일이 아니다. 하지만 미시건 주립대학교에 도착하는 즉시 배정받은 아파트가 하필이면 '스파르타 마을'이었던 것은 실로 공교로운 일이 아닐 수 없다. 다른 아파트는 모두 동이 났고, 기차 지나가는 소리가 심해서 신혼부부 아닌 사람들에게는 별로 인기가 없는 '스파르타 마을'에만 방이 남아 있다는 얘기를 학교 아파트 관리 사무소로부터 전해 들었다. 인연이거니 싶어서 열쇠를 받고 여장을 풀었다. 스파르타 마을에서 쓴다.

플루타르코스는, 스파르타인의 진정한 특기는 싸움질이 아니라 재치였을 것이라고 주장한다. 그들의 표현법은 지극히 명쾌하고 간요(簡要)하다.

오늘날 스파르타 박물관이 소
장하고 있는, 아테나이의 정치
가 알키비아데스 모자이크.

그들을 이렇게 키운 것은 바로 스파르타 식 교육이겠는데, 이 같은 교육법
을 제정한 입법가 뤼쿠르고스는 대단히 과묵한 사람이었던 것으로 알려져
있다. 훌륭한 입법가는 과묵한 법인가? 야훼에게 "저는 도무지 말재간이 없
는 사람입니다……. 저는 워낙 입이 둔하고 혀가 굳은 사람입니다."(「출애굽
기」4장 11절)라고 고백한 것을 보면 히브리인들의 입법가 모세도 지극히 과
묵한 사람이었던 모양이다.

　뤼쿠르고스는 교사들로 하여금 아이들에게 자연스럽고도 우아한 말씨
를 쓰도록 가르치되, 최대한 짧은 말 속에 많은 생각을 담도록 했다. 화폐의
구매 가치를 형편없이 떨어뜨린 뤼쿠르고스가 회화의 경제에 이토록 관심

을 기울인 것은 의미심장하다. 그는 횡설수설할 양이면 차라리 침묵을 지키게 했다.

뒷날 아테나이의 정치가 알키비아데스가 자국에서 추방당해 스파르타에서 한동안 머문 적이 있다. 플루타르코스의 다음과 같은 묘사는 스파르타와 인근 국가 국민의 국민성을 잘 그려 내고 있다.

"……알키비아데스는, 스파르타에 있을 때는 늘 뚱한 얼굴을 하고 신체를 단련하는 한편 검박한 생활을 실천했고, 이오니아에서는 사치를 즐기는 쾌활한 게으름뱅이였으며, 트라키아에서는 주정뱅이에다 난봉꾼이었고, 페르시아에 있을 때는 페르시아인도 무색할 정도로 호방했다."

스파르타인들이 아테나이 사람인 알키비아데스를 칭송하는 말에 뤼쿠르고스에 대한 스파르타인들의 애정이 드러난다.

"보라, 알키비아데스는 뤼쿠르고스가 깎아 내기라도 한 듯한 스파르타인이다!"

한 아테나이 사람이, 검박하고 과묵한 스파르타 사람에게 아첨을 떨었다.

"나는 이래 봬도 '필롤라콘(philolacon)'이라오."

'필롤라콘'이란 '라케다이몬을 좋아하는 사람', 즉 '스파르타 애호가'라는 뜻이다.

그러자 스파르타인이 응수했다.

"차라리 '필로폴리테스(philopolites)'가 되지 그러오?"

'필로폴리테스'란 '나라를 사랑하는 애국자'라는 뜻이다. 그러니 '네 나라나 사랑해라.'라는 뜻이다.

아테나이의 한 웅변가가 스파르타인들을 무식한 사람들이라고 비난했다. 철학자 플레이스토아낙스가 응수했다.

"지당한 말씀입니다. 그리스 도시 국가 사람들 중에 당신네들의 더러운 버르장머리를 배우지 못한 것은 우리뿐이니까요."

한 스파르타 사람이 지나가다가 여러 기(基)의 무덤을 바라보면서 한심하다는 표정을 지었다. 무덤에는 다음과 같은 묘비명이 새겨져 있었다.

잔인한 폭정의 불길을 끄기 위해
셀리누스 전투에서 싸우다 죽다

스파르타 사람은 혀를 끌끌 차면서 한마디 했다.

"죽어도 싸지……. 폭정의 불길이라면 끄려고 할 게 아니라 홀랑 타게 내버려 두어야지, 끄기는 왜 꺼……."

한 청년이 싸움닭을 자랑하면서, 일단 붙으면 죽을 때까지 싸우는 닭이라고 주장했다. 한 스파르타인이 이렇게 응수했다.

"이길 때까지 싸우는 놈이면 더 좋을 것을……."

아테나이와 엘리아스와 스파르타, 이 세 도시 국가의 특성을 철학자 스트라토니코스만큼 적절하게 표현한 사람은 일찍이 없다.

"이런 법을 만들면 어떨까? 아테나이인들에게는 종교 행사를 맡기고 엘리아스인들에게는 올림피아 경기를 맡기는 법을. 그리고 신통하게 못해 내면 스파르타인들을 불러다 두들겨 패게 하자."

죽음조차도 국가에 바친 정치인

철혈재상(鐵血宰相) 비스마르크를 떠올리게 하는 뤼쿠르고스가 전시에는 군율(軍律)을 특별히 헐겁게 운용한 것은 참으로 뜻밖이다. 덕분에 젊은이들은 싸움터에 나가기에 앞서 머리도 좀 길러서 장식을 달고, 값비싼 칼을 차고 뽐내기도 했으며, 사치스러운 옷을 입기도 했다. 특히 싸움터에 나가는 날은 머리카락을 갈라 길게 땋기도 했다. 입법자 뤼쿠르고스가 옛 속담을 인용해서 이런 말을 했던 것을 보면, 스파르타 젊은이들 용모에 대한 뤼쿠르고스의 평가와 그들의 자평(自評)은 사뭇 달랐던 것임에 분명하다.

"머리를 길게 기르면 잘생긴 얼굴은 더 잘생겨 보이고, 못생긴 얼굴은 무섭게 보이는 법이다."

전투 중에는 훈련의 양을 줄이고 음식을 늘렸다. 스파르타 젊은이들에게 가장 자유로운 생활이 허락되는 것도 바로 전투 전후였다. 따라서 스파르타인은, 전투를 치르는 동안을 휴식 기간으로 생각한 참으로 희귀한 민족이었다.

뤼쿠르고스가 정한 법에 따라 올림피아 경기 우승자는 스파르타 왕과 말머리를 나란히 하고 싸우는 특권을 누렸다. 엘리아스에서 주로 벌어진 올림피아에서 우승하는 젊은이는 예외 없이 스파르타 출신이었다. 올림피아는 왕과 말머리를 나란히 하고 싸우는 젊은이를 모자라지 않게 공급해 주었다. 그리스의 도시 국가 사람들은 스파르타 출신 선수의 출전을 봉쇄하기 위해 뇌물을 쓰려는 시도도 마다하지 않았다. 모든 유혹을 물리치고 우승을 차지한 스파르타 청년에게 한 구경꾼이 물었다.

"이것 보시오, 그렇게 기를 쓰고 이겨서 얻는 것이 무엇이오?"

스파르타 청년이 대답했다.

"왕 옆에서 싸우게 되었지요!"

뤼쿠르고스는 또한 승리의 확신이 없을 때는, 적을 끝까지 추격하지 못하게 했다. 대신 스파르타인들로 하여금, 스파르타 군대는 끝까지 저항하는 자들만 죽인다는 소문을 널리 퍼뜨리게 했다. 뤼쿠르고스는 이로써 스파르타 군대와 대적하고도 목숨을 부지할 수 있는 유일한 방법은 도망치는 것뿐이라는 인식을 확산시켰다.

스파르타인들은 평화 시에는 물론이고, 성인이 된 뒤에도 계속 훈련을 받았다. 스파르타인들은 어느 누구도 자기 마음대로 살 수 없었다. 장년이 될 때까지 병역의 의무를 지고 있던 스파르타인들 중에서 국가에 대한 의무를 다하고 죽는 사람은 많지 않았다. 따라서 많은 이들이 적게는 10년, 많게는 30년씩 국가에 빚을 진 채로 죽었다.

요컨대 뤼쿠르고스는 스파르타인들을, 혼자서는 살 수도 없고 살기를 원하지도 않는 시민들로 만들었다. 다음의 일화들은 이 병영 국가에 대한 스파르타 젊은이들의 긍지가 어디까지 사무쳤는가를 극명하게 보여 준다.

파이다레토스라는 청년은 300명의 정예 병사를 뽑는 무술 시합에 나갔지만, 불행히도 뽑히지 못했다. 그럼에도 그는 웃는 낯으로 돌아왔다. 무엇이 그렇게 기쁘냐는 사람들의 물음에 젊은이는 대답했다.

"스파르타에 나보다 훌륭한 진짜 정예 병사가 300명이나 있으니 기분 좋을 수밖에요."

스파르타의 폴뤼크라티다스 장군 일행이 페르시아 군의 총사령관을 방문했을 때의 일이다. 페르시아 총사령관이 그에게 물었다.

"스파르타의 대표로 온 것이오, 아니면 개인 자격으로 온 것이오?"

스파르타의 아버지로 불리는 뤼쿠르고스.

폴뤼크라티다스가 대답했다.

"성공하면 대표로 온 것이고 실패하면 개인 자격으로 온 것이오."

한 스파르타 여인은 전쟁터에서 돌아오는 스파르타 병사들에게, 자기 아들이 스파르타인답게 용감하게 싸우다 죽었느냐고 물었다. 병사들은 이구동성으로 대답했다.

"그렇습니다. 용감하게 싸우다 장렬하게 전사했습니다. 브라시다스같이 용감한 병사는, 스파르타에는 다시없을 것입니다."

그러자 여인이 얼굴을 붉히면서 대답했다.

"그런 말 마세요. 브라시다스는 착하고 용감한 애였지만, 스파르타에는 그보다 나은 애들이 얼마든지 있다오."

뤼쿠르고스는 시민의 외국 여행을 제한하고, 스파르타에 들어와 있던 외국인들을 모조리 추방했다. 외국인과 함께 들어오는 낯선 말, 낯선 생각이 나라의 조화를 깨뜨릴 것을 염려했기 때문이다. 뤼쿠르고스의 쇄국 정책은 후대의 왕 히에로와 왕비 이야기를 떠올리게 한다.

신하들로부터 입 냄새가 심하게 난다는 말을 듣고 화가 잔뜩 나서 돌아온 히에로 왕은, 왜 평소에 입 냄새가 난다는 말을 해 주지 않았느냐고 왕비를 꾸짖었다. 왕의 꾸짖음에 왕비가 대답했다.

"남자는 다 그런 줄 알았어요."

뤼쿠르고스는 '과묵한 사람들에게 많은 법이 필요 없다.'라는 말이 무색하게도 시민의 일거수일투족까지 일일이 규정하는, 법률의 시행 세칙까지 정한 다음 델포이로 떠났다. 떠나기 전에 그는, 자기가 델포이에서 돌아오기까지는 시행 세칙의 한 획도 고쳐서는 안 된다고 못을 박고는 왕과 원로들로 하여금 맹세까지 하게 했다. 뤼쿠르고스는 델포이에 이르렀지만 결국 스파르타로 돌아가지 않았다. 스파르타인들이 뤼쿠르고스 자신에게 한 맹세로부터 자유로워지지 못하도록 국외에서 죽기로 결심한 것이다. 그는, 정치인의 의무는 죽음조차도 국가에 바치는 것이라면서 식음을 전폐하고 아사한 것으로 알려져 있다.

스파르타는 그로부터 근 500여 년 동안, 그러니까 마케도니아의 필리포스와 알렉산드로스의 세력에 그 날개를 꺾이기까지 그리스의 중심 국가로 번영을 누릴 수 있었다.

현자 솔론

평생토록 배우기를 좋아한 솔론

"호랑이, 사자 굴에서 포효하다!"

한글인데도 문맥이 불분명해서 의미가 턱 와 닿지 않는다. 하지만 이 글이 스포츠 기사 헤드라인일 경우에는 문득 뚜렷한 하나의 의미 공간을 확보한다. 그래서 우리는 이 짧은 글에서 '프로 야구단 해태 타이거즈가 대구 원정 경기에서 삼성 라이언즈를 이겼다.'라는 긴 메시지를 얻게 된다.

"스파르타인들, 트로이아인들을 파묻다."

미국의 한 대학 신문 스포츠 기사의 헤드라인이다. '스파르타인들'이라는 별명으로 불리는 대학교 축구단이 '트로이아인들'이라는 별명으로 불리는

고대 그리스의 7대 현자 중 한 사람인 솔론. 그는
"세월은 늙어 가도 나는 늘 새로운 것을 배웠다."
라고 말했다.

대학교 축구단과의 시합에서 완승
을 거두었다는 뜻이다. 특정 언어
문화권이 선호하는 표현법은 함축적
이면 함축적일수록 그만큼 더 배타적
인 속성을 지닌다.

"신사 숙녀 여러분, 우리 시대의 솔론을 소개합니다."

이 말은 그리스의 현명한 입법자 솔론처럼 훌륭한 국회의원을 소개하겠
다는 뜻이다. '솔론'은 '현자'라는 의미를 지닌 일반 명사로 쓰이기도 한다.

입법자 솔론, 현자 솔론이라고 불리는 솔론은 누구인가? 솔론은 로마 시
대에는 '망자에게는 덕담이나 하는 법'이라는 경구로, 오늘날에는 '죽은 사
람 흉은 안 보는 법'이라는 경구로 사람들 입에 오르내린다.

중국의 춘추시대에 일곱 현자가 있었다. 저 유명한 백이와 숙제를 아우
르는 일곱 현자들, '칠현' 혹은 '춘추칠현'으로 불리는 이들이다. 위나라 말
과 진나라 초에도 세상을 등지고 대숲으로 들어가 풍류와 청담 나누기를
일삼던 일곱 현자들이 있었다. '죽림칠현'이라고 불리는 유영, 왕융, 완적 등
의 선비가 바로 이들이다. 하지만 '칠현'은 중국에만 있었던 것은 아니다. 고
대 그리스에도 있었다. '그리스 칠현'이라고 불리는 솔론, 탈레스, 비아스 등
의 철학자들이다. 칠현은 로마 제국에도 있었다. 스토아 철학자 마르쿠스
아우렐리우스 황제를 비롯해 모두 로마의 끝물 황제들로만 이루어진 '칠현

제'가 바로 이들이다. 동서양이 현자를 공히 일곱씩 다발로 묶는 것이 퍽 공교롭다.

'중용의 현자'로 불리는 솔론이 처음부터 현자였던 것은 아니다. 그는 배우기를 좋아하고, 배운 것을 운문으로 남기기를 좋아하던 사람이었다. 그는 "세월은 늙어 가도 나는 늘 새로운 것을 배웠다."라고 읊었다.

철학자 아나카르시스가 하루는 솔론의 집을 방문했다. 무슨 일로 왔느냐고 묻는 솔론에게 아나카르시스가 대답했다.

"나는 비록 이방인이오만 그대와 우정을 나누기 위해서 왔소."

솔론이 퉁명스럽게 응수했다.

"친구는 집에서나 사귈 일이지."

이 말이 떨어지기 무섭게 아나카르시스가 일갈했다.

"그러면 집에 있는 그대가 날 사귀시오."

아나카르시스의 영향 때문이겠지만, 친구는 집에서나 사귀는 것으로 믿던 솔론은 철학자 탈레스를 만나러 멀리 밀레토스까지 갔던 것으로 알려져 있다. 하늘의 별을 바라보면서 명상에 잠긴 채 밤길을 가다가 우물에 빠졌다는 철학자, 하녀로부터 발치도 못 보는 주제에 하늘 일을 무슨 수로 짐작하겠느냐는 지청구를 들었다는 철학자가 바로 탈레스다.

탈레스는 독신으로 살고 있었다. 그런데 가정을 가진 솔론에게는 나이든 남자가 독신으로 살고 있다는 사실 자체가 벌써 하나의 스캔들로 보였던 모양이다. 솔론은 2년 연하인 탈레스에게 결혼 생활이 얼마나 편리한지 납득시키고자 했다. 탈레스는 편리의 체험이 없어서 불편을 모른다고 대답했을 뿐, 독신 생활의 좋은 점을 굳이 설명하려 들지는 않았다. 그런데도 솔론은 탈레스에게 결혼을 강권했다.

탈레스의 고향 밀레토스에 있는 아폴론 신전. 그리스 쪽으로 닫혀 있는 대신 페르시아 쪽으로 열려 있던 덕분에 밀레토스는 아시아의 철학을 흡수, 고대의 대표적인 철학의 도시가 될 수 있었다.

솔론이 탈레스의 집에 머문 지 두어 달 지났을 때의 일이다. 그 집으로, 아테나이에서 왔다는 한 나그네가 찾아들었다. 고향 소식이 궁금했던 솔론은 나그네에게 아테나이 소식을 물었다. 그러자 나그네가 대답했다.

"별일은 없고요, 한 젊은이의 장례식이 있었는데…… 누구 아들이라더라…… 하여튼 굉장한 명망가의 자제분이라 시민 모두가 조문을 했답디다. 아버지라는 양반은 집에 없었고요."

"어디 가고 집에 없었답니까?"

"장기 여행 중이라지요, 아마."

"자식 앞세우는 줄도 모르고 여행 중이라니, 참 한심한 양반이구나! 그런데 그 양반 이름이 뭐랍디까?"

"지혜롭고 정의로운 분이라고들 합디다만…… 들었는데 잊었습니다."

솔론의 표정이 어두워지기 시작했다. 한동안 나그네 눈치만 살피던 솔론이 대단히 근심 어린 얼굴을 하고는 다시 물었다.

"혹시 여행 중인 양반의 이름이 솔론이라고는 않습디까?"

나그네가 무릎을 치고는 그렇다고 대답했다. 솔론은 자기의 부재중에 세상을 떠난 아들 생각에 머리카락을 쥐어뜯으면서 울부짖기 시작했다. 나그네는 민망스러웠던지 자리를 떴다. 솔론이 한동안 그렇게 울부짖고 있는데 탈레스가 들어와서 이런 말을 했다.

"솔론이여, 내가 결혼을 않고 자식을 기르지 않는 까닭을 알겠어요? 보세요, 그대같이 강한 인간도 자식의 죽음을 이렇듯이 견디기 어려워하지 않는가요? 하지만 걱정 마세요. 다 내가 꾸며 낸 일이니……. 아까 그 나그네, 사실은 내 집 하인이랍니다."

불화의 사과와 황금 솥

불화의 여신 에리스는 신들이 모인 자리에 사과 한 알을 던진다. 사과에는 '가장 아름다운 그리스 여신을 위하여'라는 명문이 들어 있다. 제우스의 아내 헤라 여신, 아프로디테 포르네(음란한 아프로디테 여신), 팔라스 아테나(지혜로운 아테나 여신)는 서로 자기가 그 사과를 차지해야 한다고 주장하면서 대판 싸움을 벌인다. 이 싸움은 결국 전쟁의 불씨가 되어 트로이아를 잿더미로 만드는데, 이때 에리스가 던진 사과는 '에리스의 사과' 혹은 '불화의 사과'라고 불린다.

철학자 페리안드로스가 그리스의 칠현들 중 솔론, 탈레스, 비아스를 코린토스로 모신 적이 있다. 그리스에서 가장 현명한 철학자에게 돌아가야 할 '트리푸스(Tripous)'가 하나 있는데, 이것이 과연 누구 차지가 되어야 할 것인가를 결정하기 위해서라고 했다. 트리푸스는 오늘날 우리가 사진 찍을 때 쓰는 트라이포드, 즉 삼각대일 수도 있고, 다리가 세 개인 의자일 수도 있다.

델포이에 있는 아폴론 신전의 무녀가 신탁을 전할 때는 반드시 트리푸스에 앉아서 전하는데 이때의 트리푸스는, 어디에든 놓일 수 있는 다리가 셋인 의자를 뜻한다. 하지만 가장 현명한 철학자에게 돌아갈 트리푸스는 발이 세 개인 황금 솥이었다.

왜 트리푸스인가? 어째서 발이 셋인가? 발이 셋인 솥은, 발이 셋인 의자처럼 어디에든 놓일 수 있다. 세 세력이 세발 솥처럼 병립하는 것을 '정립(鼎立)'이라고 하지 않던가? 발이 셋인 솥, 다리가 셋인 의자가 어디에든 놓일 수 있는 것은 무슨 까닭인가? '세 점은, 그 점들이 각각 어디에 있든 결국 하나의 평면을 구성할 수 있기' 때문이다. 두 점은 평면을 구성할 수 없고, 네 점은 이론상으로는 하나의 평면을 구성할 수 없다.

이 황금 솥의 내력은 이렇다. 코스 섬에 사는 한 어부가 바다에다 그물을 던져 놓고는 고기가 잡히기를 기다렸다. 그런데 한 밀레토스 사람이 지나가다가, 그물을 올리기 전인데도 불구하고 그물에 걸려 나올 것의 값을 모두 치렀다. 입도선매한 것이다. 그물을 올리고 보니 발이 세 개인 황금 솥이 들어 있었고 솥의 운두에는 '가장 현명한 철학자'의 차지가 되어야 한다는 명문이 있었다. 이 솥은 트로이아 전쟁의 직접적인 원인 제공자였던 미녀 헬레네가 트로이아에서 고국인 스

세발 솥은 완벽한 균형의 상징으로 아무나 가질 수 있는 물건이 아니었다.

17세기 화가 루벤스의 걸작 「파리스의 심판」. 파리스 앞에 세 여신, 즉 아테나 여신(왼쪽)과 아프로디테, 그리고 헤라(오른쪽)가 서 있다. 아테나의 오른쪽에는 이 여신이 벗어 놓은 갑옷과 방패가 놓여 있고, 헤라의 발치에는 이 여신을 상징하는 공작새의 꼬리가 놓여 있다.

파르타로 돌아가면서 바다에 던진 솥이었던 것으로 전해진다. 헬레네는, 불화의 사과가 그랬듯이 그 황금 솥 또한 대가리 터지는 한판 싸움의 빌미가 되기를 바랐는지도 모르는 일이다.

페리안드로스는 그 황금 솥을 탈레스에게 주면 어떻겠느냐고 했다. 이의를 제기하는 현철(賢哲)이 없었다. 탈레스는 비아스가 더 현명한 만큼 마땅히 비아스에게 돌아가야 한다고 주장했다. 그러나 비아스 역시 사양했다. 이때 솔론이 나서, 그러다 싸움이 날지도 모르니까 차라리 아폴론 신전에 갖다 바치자고 했다. 황금 솥은 결국 델포이로 갔고, 세 현철은 불화하지 않고 사이좋게 잘 지내면서 황금 솥의 세 다리처럼 평화 공존을 누릴 수 있었

파리스가 황금 사과를 건넴으로써 아프로디테를 '최고의 미녀 신'으로 심판하자,
투구를 쓴 아테나 여신과 왕관을 쓴 헤라 여신이 황급히 자리를 떠나고 있다.
요염한 아프로디테의 표정은 여신의 위엄 따위는 아랑곳하지 않는 것 같다.
18세기 프랑스 화가 장 르뇨의 그림.

다. 언필칭 삼현정립(三賢鼎立)이
아니고 무엇인가?

'3'에 대한 그리스인들의 집착
이 심상하지 않다. 그리스 지도에
서 아폴론의 신전이 있는 델포이,
아테나의 신전이 있는 아크로폴리
스, 제우스의 신전이 있는 올림피
아, 이 세 점을 이으면 정확하게 이
등변 삼각형이 된다. 이 삼각형의
정점에 있는 델포이는 그리스 문자
로 '델타(Δ)'로 시작된다.

조국과 지아비를 버리고 파리스를 따라 트로이아로
가는 헬레네. 기원전 6세기의 꽃병 그림. 대영박물관
소장.

그리스의 세 여신은 사과 한 알
을 두고 다투다가 결국 애꿎은 트
로이아만 쑥대밭으로 만들었지만
그리스의 세 현철은 황금 솥을 서
로 사양하여 마침내 삼현정립을
성취하였으니 과연 사람의 이치를
두루 헤아리는 철학자들답지 않은
가? 불화의 사과와 황금 솥은 고
대 그리스에만 있는 것이 아니고
어느 시대 어느 땅에도 있는 법이
다. 정치가들이 현철과 무슨 인연
이 있을까만, 이것을 모를 만큼 무

헬레네의 지아비 메넬라오스가 형 아가멤논의 도움
을 얻어 트로이아 원정군을 조직하여 10년 전쟁 끝
에 트로이아를 잿더미로 만들어 버린다. 사진은 트
로이아 목마를 그린 19세기의 동판화.

지하지는 않아서 우리 사는 땅이 쑥대밭 되는 일은 없어야 할 터이다.

솔론의 법령

솔론 이전의 집정관 드라콘이 제정한 법은, 경중을 가리지 않고 거의 모든 종류의 죄인을 사형에 처할 만큼 가혹해서 '잉크로 쓴 것이 아닌 피로 쓴 법'이라고 불렸다. 법이 어찌 그렇게 가혹할 수 있느냐는 질문에 드라콘 자신은 이렇게 대답했다고 한다.

"경범에는 사형, 중죄인에게는 더 큰 벌을 내리고 싶지만 어디 있어야지."

법률과 관련해서, 이상 국가에 대한 솔론의 유명한 정의는 다음과 같다.

"피해를 입지 않은 사람도 피해자와 같은 정도로 의분을 느끼고 가해자를 벌하는 국가."

솔론은 드라콘이 제정한 법의 개정을 시작했다. 그가 제정하거나 개정한 법은 오늘날에도 적용될 수 있는 그런 것은 아니다. 그러나 그때가 전설의 시대라고 해도 좋을 기원전 7세기였다는 것을 감안하면 반드시 그렇지만은 않다. 가령 솔론이 처음으로 시도했다고 전해지는 언어 순화법이 그렇다. 그 법에 따르면 '매춘부(harlot)'는 '친구(mistress)', '세금(tribute)'은 '관례(custom)', '점령군(garrison)'은 '수호대(guard)', '감옥(jail)'은 '방(chamber)'으로 불러야 했다. 정변 때 어느 쪽에도 가담하지 않고 중립을 지키면 유죄였다. 솔론에게 무관심은 증오보다도 유독한 것이었다. 고인의 폄훼를 금지하는 법도 있었다. 고인을 폄훼하는 사람에게는 벌금을 물렸고 그 벌금이 유족에게 돌아가게 한 것이다.

솔론은 장례식 때 전문적으로 곡하는 여자, 즉 곡부(哭婦)의 고용을 금지하는 법안도 만들었다. 하지만 그리스 현대 소설에도 곡부가 등장하는 것을 보면 이런 풍습은 솔론 이후로도 근 25세기 동안이나 계속된 모양이다. 상공업을 장려한 솔론의 법에 따르면, 자식에게 한 가지 기술을 가르치지 않은 부모는 자식이 부양하지 않아도 좋았다. 사생아에게도 부모 부양 의무가 없었다.

솔론은 나무 심는 것까지 법으로 규정했다. 타인의 땅에서 다섯 자 이내에는 나무를 심을 수 없었다. 올리브와 무화과의 경우는, 뿌리가 멀리 뻗어나가는 만큼 금지되는 범위가 아홉 자까지였다. 꿀벌통도, 타인의 벌통에서 90미터 이상 떨어진 곳이 아니면 놓을 수 없었다. 재미있는 것은 개가 사람을 물 경우 주인은 길이 3페퀴스(약 137센티미터) 되는 막대기 끝에다 개를 묶어 물린 사람에게 주어야 한다는 조항이다. 1페퀴스가 50센티미터 정도 되니까 개와 그 정도 거리를 두고 떨어져 있으면 물린 사람은 마음껏 앙갚음도 할 수 있었겠다.

드라콘과 솔론은 법령을 '퀴르베이스'라는 목판에다 기록하여 보관하게 했다. 법은 시대의 산물인 법. 후일 한 풍자시인은 '퀴르베이스'를 이렇게 조롱했다.

솔론의 퀴르베이스로 할까나. 드라콘의 퀴르베이스로 할까나.
오늘 저녁 콩죽 끓일 화덕 불쏘시개로는…….

행복의 척도는 재물에 있지 않다

1995년 필자가 캐나다의 북부 도시 몬트리올을 여행하고 있을 때의 일이다. 교외 주차장에서 자동차에 기름을 넣고 값을 지불하려고 했다. 그런데 주머니에 캐나다 달러가 없었다. 환율이 매우 불리하다는 것을 알면서도 비상금으로 꼬깃꼬깃 가지고 다니던 100달러짜리 미화를 내어놓았다. 100달러짜리를 처음 구경한다는 직원의 말이 걸작이었다.

"당신, 크로이소스인 모양이죠?"

"솔론일 때도 있어요."

솔론이, 지금의 부르나이 왕에 필적하는 거부 크로이소스에게 몸을 붙이게 된 경위는 이렇다. 법령을 제정 혹은 개정한 뒤로 솔론은 많은 사람들에게 시달렸다. 칭송하는 사람, 폄훼하는 사람, 추가나 삭제를 요구하는 사람, 시행 세칙의 제정을 요구하는 사람들로 하루도 편할 날이 없었다. 솔론은 번잡한 중의(衆意)를 피해 10년 정도 천하를 주유하기로 하고 아테나이를 떠났다. 떠나면서 그가 남긴 유명한 말이 있다.

"누구의 입맛에나 다 맞게 대사를 처리할 수는 없는 법이다."

솔론이 이집트, 퀴프로스를 거쳐 찾아간 곳이 사르디스였고, 솔론을 초빙한 사르디스 왕이 바로 당대 세계 최고의 갑부 크로이소스였다.

처음으로 바다 구경을 가는 사람은 가는 길에 강을 만나도 바다이거니 여기는 법이다. 호화스럽게 차려입고 크로이소스 궁전을 거니는 사르디스 귀족을 하나씩 만날 때마다, 솔론은 이 사람이 바로 크로이소스 왕이겠거니 여겼다. 그러나 막상 더할 나위 없이 정중한 안내를 받고 크로이소스 왕을 만났을 때는 놀란 내색을 일체 하지 않았다.

17세기 네덜란드 화가 헤리트 본 혼트호스트가 그린 「솔론과 크로이소스」.

왕으로서는 다소 당혹스럽지 않을 수 없었다. 사르디스 궁전을 보고, 또 자신을 만나고 놀라지 않는 사람은 본 적이 없었기 때문이다. 왕은 솔론을 놀라게 해 주려고 일찍이 한 번도 공개한 적이 없는 비장의 보화까지 보여 준 다음 물었다.

"이 세상에 나보다 복된 사람을 만나 본 적 있소?"

"있습니다. 아테나이 사람 텔로스가 그런 사람입니다."

솔론이 응수했다.

"무슨 까닭에서 그러하오?"

왕이 까닭을 물었다.

"텔로스는 어진 사람입니다. 나라를 위해 아들도 남긴 사람입니다. 그리고 나라를 위해 영광스럽게 몸을 바친 사람입니다."

"행복의 척도를 재물에 두지 않고, 나의 왕국과 권세를 한갓된 사람의 삶과 죽음에 견주다니, 그대는 참 본데없는 사람이군요. 좋소. 고쳐 묻지요. 텔로스를 제외하고, 나보다 더 행복한 사람을 본 적이 있소?"

"있지요. 클레오비스와 비톤 형제입니다. 형제간에 우애가 있고, 어머니에게 효성스러웠지요. 형제는 어머니를 수레에 태우고 헤라 신전을 향하던 중 속도가 너무 더디니까 소 멍에를 벗겨 저희 몸에다 메고 수레를 끌었지요. 이로써 뭇 칭송과 영광을 누리면서 장수하다가 고통 없이 죽었으니 행복한 사람들이지요."

"하면 나는 행복한 사람 축에도 들지 못한다는 것이오?"

"왕이여, 신들은 그리스 사람들에게 적당하게 베푸셨을지언정 차고 넘치게 베푼 것이 아니올시다. 그래서 우리 지혜는 밝고 소박할지언정 고상하고 장엄하지 못합니다. 세상이 무상한 것을 아는 우리는 가진 것을 자랑하거나 남의 행운을 부러워하지 않습니다. 우리를 기다리고 있는 미래는 얼마나

기이한 것들을 숨기고 있는지요?
이것이 우리가 잘 살다가 안락하
게 죽은 사람을 행복한 사람이라
고 믿는 소이연입니다. 살아 있는
것은 아직 신들의 뜻과 운명의 장
난을 다 모면하지 못했다는 뜻이
지요. 이런 사람을 행복한 사람이
라고 부르는 것은, 경주를 끝내지
도 못한 선수의 머리에 면류관을
씌우는 것과 다를 것이 무엇입니
까?"

17세기 프랑스 화가 외스타슈 르 쉬외르가 그린 「멜
포메네, 에라토와 폴륌니아」. 이들은 그리스 신화에
등장하는 아홉 명의 무사이(뮤즈)에 해당하는 인물
들로 각각 비극, 음악과 서정시, 찬가와 무악을 주관
한다.

당대의 현자이자 우화 작가인
아이소포스, 즉 이솝이 마침 그 나라에 있었다. 왕으로부터 극진한 대접을
받고 있던 그는 솔론에게 충고했다.

"솔론이여, 임금들과의 얘기는 짧게, 눈치껏 해야 하는 법이오."

솔론이 응수했다.

"천만에. 짧게, 사리에 맞게 해야 하는 법이지요."

크로이소스의 권세는 과연 오래가지 않았다. 그는 오래지 않아 페르시아
왕 퀴로스와의 싸움에서 패배하고 적장의 면전에서 화형을 당하게 될 처지
가 되었다. 그런데 화형당하기 직전 크로이소스는 하늘을 우러러 솔론의 이
름을 간절하게 세 번 불렀다. 퀴로스가 까닭을 묻자 크로이소스가 대답했다.

"그리스의 철학자 솔론을 모신 적이 있습니다. 저는 모르는 것을 배우기
위해 이 현자를 초청한 것이 아니고 저의 행복을 자랑하기 위해 초청했던

술 취한 디오뉘소스. 만년의 솔론은 술과 사랑과
예술이 인생의 낙이라고 노래한다.

것입니다. 돌이켜 보건대, 행복이라고 하는 것은 얻을 때의 기쁨보다는 잃을 때의 슬픔이 더욱 큰 것을요. 솔론은 저의 운명을 짐작하고 반듯하게 살되 한때의 부귀를 뽐내지 말라고 일러 주었던 것입니다."

퀴로스 역시 현명한 사람이었다. 그는 솔론이 크로이소스를 깨우쳤고, 크로이소스가 퀴로스 자신을 깨우치고 있다는 것을 알았다. 그래서 크로이소스를 방면하고 죽을 때까지 후하게 대접했다.

솔론은 만년에 이렇게 노래한다.

"세월은 늘어 가도 나는 새로운 것을 배웠다. 그러나 이제 여느 남정네들의 낙(樂)인 퀴프로스 태생의 여신과 디오뉘소스와 무사이(Musai)가 또한 나의 낙이 되었다."

퀴프로스 태생의 여신 아프로디테는 곧 사랑, 디오뉘소스는 술, 무사이는 예술이 아니고 무엇인가?

아프로디테 조각상. 미와 사랑의 여신 아프로디테는 파리스에
의해 '최고의 미녀 신'으로 선택되었다.

공명한 의인
아리스테이데스

의인 VS 간웅

『삼국지』의 유비는 현능했다기보다는 어질고 의로운 지도자였다. 그런데도 그는 현주(賢主)라고 불린다. 인의로써 현능함을 얻은 것이다. 조조는 어질고 의롭지는 않아도 현능했다고는 할 수 있다. 그런데도 그는 인의가 모자라 현능했다는 것도 잊힌 채 지금은 간웅(奸雄)의 대명사가 되어 있다.

기원전 5세기경 그리스의 도시 국가 아테나이에도 이와 짝이 될 만한 두 인물이 동시대를 살았다. 공명정대한 의인 아리스테이데스, 술수에 능한 간웅 테미스토클레스가 바로 이들이다. 의인과 간웅은 싸우면서나마 한 시대에 공존할 수 있었다. 의인이 보인 사양하는 금도(襟度) 덕분이었다. 기원전

5세기의 도시 국가 아테나이의 큰 행복이었다.

아리스테이데스는 얼마나 공명한 사람이었는가.

당시 아테나이에는 '오스트라키스모스(ostrakismos)'라는 관습법이 있었다. 조개껍질 투표를 이용한 '패각 추방제(貝殼追放制)', 혹은 사금파리 투표를 이용한 '도편 추방제(陶片追放制)', 두 가지로 불리는 제도가 바로 이것이다. 이 혼용은 기표 용지 대신으로 쓰인 이 '오스트라콘'의 역어(譯語)에서 비롯된 듯하다. '오스트라콘'은 '골편(骨片)'이다. 진주조개나 굴을 '오이스터(oyster)'라고 부르는 것은 그것이 골편에 싸여 있기 때문이다. 조개껍질이 흔한 해안에서는 조개껍질을, 조개껍질이 귀한 내륙에서는 대용품으로 사금파리를 이용했던 것으로 보인다.

이 제도는 범죄에 대한 징벌의 수단이 아니라 권력의 편중을 억제하기 위한 완화의 수단이었다. 말하자면 특정인의 세력이 지나치게 커질 경우에 야기되는 과도한 국민적 선망의 김을 조절해 버리는 완화 장치, 특정인에 대한 집단적인 적개심의 내압을 적절하게 조절해 주던 안전 밸브였던 셈이다. 오스트라키스모스가 얼마나 훌륭한 제도인가는, 로마인들의 총애를 한몸에 받다가 브루투스의 칼을 맞은 카이사르의 비극을 떠올려 보면 알 수 있다.

투표가 시작되고, 시민들이 오스트라콘에다 추방하고 싶은 사람의 이름을 적어 투표함에 넣으면 행정 관리들이 그것을 거두어 득표수를 계산한다. 6000표를 얻지 못한 사람은 아예 추방자 후보에서도 제외된다. 최다 득표자는 아테나이에서 10년 동안 추방되는데, 영원히 추방되는 것은 아니다.

아리스테이데스가 추방자 후보에 올랐을 때의 일이다. 장본인이 투표장을 지나는데 한 문맹자가 오스트라콘을 내밀면서 말했다.

폼페이우스 상 아래에서 공격당하는 카이사르. 18세기 이탈리아 화가 빈센초 카무치니의 그림으로, 화가는 플루타르코스의 기록을 근거로 삼았다고 한다. 카이사르는 독재 정치에 반대하는 세력에 의해 살해되었으나, 그의 죽음 이후에도 로마는 공화정으로 복귀하지 못했다. 나폴리 카포디몬테 미술관 소장.

아리스테이데스의 이름이 적힌 오스트라콘.

"나으리, 여기에다 '아리스테이데스'라고 좀 써 주시겠습니까?"

아리스테이데스가 기가 막혀 물었다.

"그 양반이 당신에게 못할 짓이라도 했소?"

그러자 문맹자가 대답했다.

"아뇨, 저는 알지도 못하는 양반인걸요."

"그런데 왜요?"

"가는 데마다 의로운 양반, 의로운 양반 해 대는데 이놈의 소리가 듣기 싫어서요."

그는 고개를 끄덕이고는, 오스트라콘에 자기 이름을 써서 그 문맹자에게 주고는 가던 길을 갔다. 이 정도였다.

이 '오스트라키스모스'는 지금도 영어에는 '추방(ostracism)'을 뜻하는 명사나 '사회적으로, 정치적으로 완전히 매장당한 사람'이라고 할 때의 '매장하다(ostracize)'라는 말로 남아 있다. 오늘날의 속어 '왕따'로 번역할 수도 있다.

그를 추방하자는 여론을 환기시킨 사람은 당대의 정치 맞수 테미스토클레스였다. 하지만 이 맞수 역시 오래지 않아 오스트라키스모스의 제물이 된다.

이 테미스토클레스는 그러면 얼마나 책략에 능한 사람이었는가.

그리스 연합군이 페르시아와 교전할 당시 테미스토클레스의 지휘에 사사건건 반대하던 선장이 있었다. 당시 이 선장은 부하들에게 지급할 봉급이 부족하여 교전 중인데도 불구하고 아테나이로 돌아가야 할 형편이었다. 이것을 안 테미스토클레스는 은밀히 사람을 묻어 그 배의 선원들을 선동하여 저녁 식사 중이던 선장의 밥을 빼앗고는 가두어 버리게 했다. 그러고는 상자 바닥에다 은화를 듬뿍 깔고는 빵과 고기로 덮은 다음, 선택의 여지가 별로 없는 선장에게 전하게 했다. 상자에는 이런 쪽지가 들어 있었다.

"오늘은 우선 저녁을 먹고 내일은 급료를 줘라. 그렇지 않으면 그대가 적으로부터 돈을 받았다는 사실을 아테나이 시민들에게 알릴 것이다. 오늘 받은 은화가 적으로부터 받은 것이 아니라는 것을 그대는 증명할 수 없을 것이다."

그 선장은 꼼짝없이 테미스토클레스의 수족이 되었다.

도편 추방제에 기표 용지 대신으로 사용된 오스트라콘. 모양이 제각각이다.

한 가지 일에 대처하는 태도를 놓고 이 둘을 일거에 비교해 보는 것도 가능하다. 그리스 도시 국가 연합군이 페르시아 군을 격파한 직후의 일이다.

테미스토클레스는 아테나이 민회(民會)에서 이런 제안을 했다.

"이 자리에서 발표할 수는 없지만, 내게는 우리 아테나이의 국익과 안보를 위해 지극히 중요한 복안이 있습니다."

민회는, 공표할 수 없다면 아리스테이데스와 검토해 볼 것을 명했다.

테미스토클레스는 아리스테이데스와 은밀하게 만난 자리에서 말했다.

"전쟁에는 이겼으니, 이제 연합군 함대에다 불을 질러 버리는 거요. 그러면 우리 아테나이는 그리스의 무적 국가가 되는 것이오."

다음 날 아리스테이데스는 민회에 나와 이렇게 보고했다.

"그의 복안 이상으로 국익에 도움이 되는 것은 없습니다만 그 이상으로 비열한 것 또한 없습니다."

민회는 테미스토클레스의 복안을 기각했다.

공명한 의인과 노회한 간웅이 한 시대에 자웅을 겨룰 경우 전자는 귀족 출신, 후자는 민중 출신인 경우가 자주 있다. 유비와 조조가 그랬고 솔론과 드라콘이 그랬으며 아리스테이데스와 테미스토클레스도 그랬다. 온화한 아리스테이데스는 귀족 출신이었고 과격한 테미스토클레스는 평민 출신이었다.

아리스테이데스는 솔직한 사람이었다. 그는 스파르타의 과묵한 지도자 뤼쿠르고스를 존경한다는 말을 스스럼없이 할 수 있을 만큼 솔직한 사람이었다. 테미스토클레스도 솔직하기는 했다. 그리스 연합군 사령관 밀티아데스가 마라톤 전투에서 승리를 거두었을 때의 일이다. 아테나이 시민 사이에는 장군의 탁월한 지도력과 용병술에 대한 칭송이 자자했다. 그 소문을 들고부터 테미스토클레스는 밤잠을 이루지 못하고 사람들과의 접촉도 끊었다. 어떤 사람이 이유를 묻자 이렇게 대답했을 정도로 솔직했다.

"밀티아데스의 영광을 생각하니 잠이 안 와요."

전자는 명예를 존중하고 인기보다는 소신을 좇는 사람이었지만 후자는 무모하고 저돌적이었으며 현시욕과 호승심(好勝心)이 매우 강한 사람이었다. 후자를 가르친 스승은 일찍이 이런 말을 남긴 적이 있다고 한다.

"너는 조무래기는 안 될 거다. 좋게든 나쁘게든, 크게는 되겠다."

패각 추방 이야기로 알 수 있듯이 아리스테이데스는 공명정대한 의인이었다. 그래서 그의 별명도 '의로운 양반'이었다.

테미스토클레스는 어떠했는가? 그가 정계에 뛰어들었을 때 어떤 사람이 그에게 말했다.

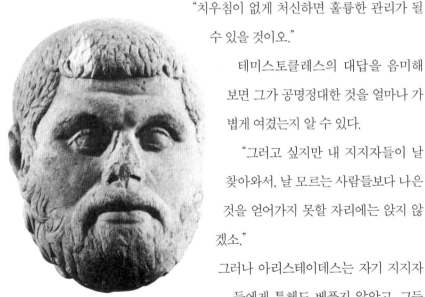

"치우침이 없게 처신하면 훌륭한 관리가 될 수 있을 것이오."

테미스토클레스의 대답을 음미해 보면 그가 공명정대한 것을 얼마나 가볍게 여겼는지 알 수 있다.

"그러고 싶지만 내 지지자들이 날 찾아와서, 날 모르는 사람들보다 나은 것을 얻어가지 못할 자리에는 앉지 않겠소."

그러나 아리스테이데스는 자기 지지자들에게 특혜도 베풀지 않았고, 그들의 요구를 물리쳐 실망시킨 일도 없

아테나이를 제일의 해군 국가로 만든 테미스토클레스의 두상.

었다.

테미스토클레스는 교양이나 고상한 취미를 자랑하는 귀족들에게 이렇게 응수했다.

"내가 현악기 하나 다루지 못하는 것은 사실이오. 내가 할 수 있는 것은, 만일에 작고 보잘것없는 나라가 하나 손에 들어오면, 그것을 위대한 나라, 영광의 나라로 가꾸는 일이오."

아리스테이데스도 제대로 다루는 악기 하나 없기는 마찬가지였다. 그러나 그는 나라를 하나 맡겨 주면 강국을 만들 수 있노라고 허풍을 떨지는 않았다.

너무도 공명한 아리스테이데스

당대의 정객이 민회에서 사사건건 부딪치는 것을 안타깝게 여긴 사람이 이런 말을 했다.

"저 둘을 '바라트론'에서 밀어 버려야 아테나이에 평화가 올 것이다."

바라트론은 깊은 구덩이를 이르는 말로 사형을 선고받은 죄인들은 이 속으로 떠밀렸다.

하지만 끝부터 맞추어 보자.

아테나이의 한 극장이 아이스퀼로스의 희곡 「테바이의 일곱 용사」를 상연했을 때의 일이다. 아리스테이데스와 테미스토클레스도 객석에 앉아 있었다. 무대에서 배우가 영웅 암피아라오스를 찬양하는 노래를 불렀다.

"…… 그의 뜻은 의인으로 보이는 것이 아니라 의인이 되는 데 있었고, 심중의 깊은 이랑으로부터 사려와 분별을 거두는 데 있었나니…….”

　객석에 있는 사람들이 일제히 아리스테이데스를 응시했다. 거기에 어울리는 인물이 아리스테이데스 말고는 다시없다고 여겼기 때문이다. 아테나이인들은 그 둘을 바라트론에서 밀어 버리기는커녕 객석에 앉혀 놓고도 평화를 얻었던 것이다.

　온화했던 아리스테이데스도 사람과 사람 사이의 정의를 지켜야 한다고 생각할 때, 의롭지 못한 것을 바로 잡아야 한다고 생각할 때는 매우 과감했다. 우스꽝스러울 정도로 우직할 때도 있었다.

　그가 ‘아르콘(집정관)’이 되기 전에, 자기에게 비행을 저지른 사람을 법정에 고발한 적이 있다. 그는 법정의 호출을 받고 출두하여 피고와 나란히 서서 피고의 죄상을 일일이 고발했다. 귀족인 그가 구두 고발을 끝마치자 그 자리에 나와 있던 법관들은 피고의 진술을 들어볼 생각도 않고 판결 투표를 시작할 거조를 차렸다.

　그는 자리에서 벌떡 일어나 법관들을 향하여 소리쳤다.

　“나는 피고와 한편이 되어, 법의 규정에 따라 피고의 진술도 들어 줄 것을 요청하는 바입니다.”

　그에게는 사람과 사람 사이의 분쟁을 조정한 일이 여러 번 있었다. 그중 한 분쟁을 맡고 있을 때, 분쟁 당사자 두 사람 중 하나가 살며시 다가와 이런 말을 했다.

　“아리스테이데스여, 지금 저와 분쟁 중인 저자는 당신에게 못할 짓을 많이 한 사람이라는 것을 알려드립니다.”

　그러자 아리스테이데스는 이렇게 응수했다.

　“여보게, 그 이야기를 할 게 아니라 그자가 자네에게 무슨 못할 짓을 했는지 그걸 말하게. 내가 심판을 맡고 있는 이 사건은 내 사건이 아니고 자네 사건이라네."

중국의 공명했던 사람 중에 조무도(趙武道)라는 사람이 있다.

진(晉) 나라 중공(中公)이 이 사람에게, 중모라는 땅 현령으로 누구를 앉히면 좋겠느냐고 물었다.

"형백(邢伯)의 아들이 적당하지 않을까요?"

중공이 놀라 반문했다.

"형백은 그대와 원수지간이 아닌가?"

"그것은 사사로운 일입니다. 저는 지금 공무 중입니다."

"그러면 중부(中府)의 부사에는 누가 좋을까?"

"제 아들이 적당할 것입니다."

조무도는 공명한 사람이어서 원수도 피하지 않고 육친도 피하지 않았다.

또 있다.

조(趙) 나라 간자(簡子)가 신하들 명단을 펴놓고 해호(解弧)라는 사람에게 물었다.

"재상으로 누가 좋을까?"

"이 사람이 적당하리라고 봅니다."

해호는 이러면서 손가락 끝으로 자기 집안 원수의 이름을 가리켰다.

집안 원수 되는 사람은 해호의 원한이 다 풀린 것으로 알고는 인사하러 해호 집을 찾아갔다. 그러나 해호는 찾아온 원수에게 활을 겨냥하면서 꾸짖었다.

"내가 공무 중에 그대를 추천한 것은 그대가 기중 적당한 인물이었기 때문이다. 우리의 원한은 사적인 것이다. 나는 사적인 원한 때문에 그대 이름을 피할 수 없었을 뿐이니, 어서 내 집에서 나가거라."

『한비자(韓非子)』에 나오는 이야기다.

아리스테이데스의 공명하기가 이와 같았다.

그가 국고(國庫) 감사관으로 뽑혔을 때의 일이다. 그는 동료 감사관뿐만 아니라 선임자들 중에도 공금을 가로챈 사람이 있다는 사실을 폭로했다. 정적 테미스토클레스에 대해서는 "유능하기로 익히 알려진 사람이나 손을 너무 함부로 놀리는 경향이 있다."라고 야유했다.

테미스토클레스는 동패를 규합해서 아리스테이데스에게 결산서를 제출하게 했다. 그러고는 꼬투리를 찾아내어 아리스테이데스를 횡령죄로 고발함으로써 그를 매장하고자 했다. 그러나 테미스토클레스의 기도는 성사되지 못했다. 아테나이 사람들이 일제히 들고일어났기 때문이다. 덕분에 아리스테이데스는 유죄 판결을 받고도 벌금을 면제받고 감사관 자리에 다시 앉았다.

그런데 이때부터 아리스테이데스는 좀 공명하지 못한 짓을 하게 된다. 법을 다소 느슨하게 운용하여, 횡령 혐의자 조사도 헐겁게 하고, 고발도 웬만하면 피한 것이다. 이랬으니 상습적인 공금 횡령범들을 비롯해, 뒤가 구린 사람들 사이에서 인기가 오를 수밖에 없었다. 아테나이 사람들 사이에서 그를 아르콘으로 선출하자는 움직임이 있을 정도였다. 하지만 막상 투표일이 되자 그는 다시 아테나이 시민들을 호되게 꾸짖었다.

"내가 공무를 성의껏 수행할 때는 망신을 시키더니, 법을 조금 헐겁게 운용하니까 애국자라고 하다니 말이 되나요? 내게는 전에 받은 판결보다는 오늘의 이 명예가 더 창피합니다. 나는 실로, 공금을 지키기보다는 나쁜 놈들에게 은혜를 베풀려고 하는 여러분의 처지에 동정을 금할 수 없소이다."

그제야 그는 공금 가로챈 자들의 명단을 발표했다. 그를 칭송하던 자들은 벙어리가 되었다. 정직한 사람들에게 그는 다시 한번 공명한 사람이 되었다.

의로움 때문에 추방당하다

너무나 공명한 사람으로 소문나 있던 그가 패각 추방을 당한 것은 테미스토클레스가 아테나이 시민들을 다음과 같은 말로 선동했기 때문이다.

"이제 분쟁이 생기면 사람들은 법정에 고발하지 않고 '공명한 사람' 아리스테이데스에게 가지고 간다. 그는 곧 독재자가 될 것이다. 친위대가 편성되지 않았을 뿐이다."

그 무렵의 아테나이 시민들은 페르시아와의 전쟁에서 승리를 거둔 뒤라서 굉장히 들떠 있었다. 자만심이 마음속에 자리 잡으면, 다른 사람의 덕성에 대한 칭송이 고깝게 들리는 법이다. 사람들은 아테나이로 몰려들어 그를 패각 추방했다. 시민들은 그의 명성에 대한 시기심을 독재에 대한 공포라고 명명한 것이다.

아테나이를 떠나면서 그는 하늘을 우러러 기도했다.

"이 아리스테이데스가 그리워서 견딜 수 없는 순간이, 아테나이 시민들에게 찾아오지 않게 하소서."

이 기도는, 트로이 전쟁터로 떠나면서 비극적인 영웅 아킬레우스가 했던 기도와는 정반대가 된다. 아킬레우스는 아티카 사람들이 자기를 그리워하게 해 달라고 기도했다.

그러나 3년 뒤, 페르시아 왕 크세르크세스가 진군해 오자 아테나이 민회는 패각 추방법을 파기하고, 추방자의 귀국을 결정했다. 민회는, 아리스테이데스가 아테나이를 배반하고 페르시아 군에 투항할 것을 염려한 것이었다.

추방이 해제되자 급거 귀국한 아리스테이데스는 민회를 움직여, 테미스토클레스에게 군사 전권을 맡겼다. 숙적을 최고의 전시 지도자로 밀어 올린 것이다.

그는 공명한 사람인지라 국사와 사사로운 일을 혼동하지 않았다.

그리스 제일의 해군국을 건설한 테미스토클레스

플루타르코스는 간웅 테미스토클레스조차도 영웅으로 치고 그의 이름을 열전에다 포함시키고 있다. 하기야 그에게 업적이 없었던 것은 아니다.

그는 육군을 이용한 지상전으로는 아테나이가 인근 도시 국가들의 상대가 되지 못한다는 것을 간파하고 시민들의 관심을 바다로 돌린 사람이다. 그는 강력한 수군만 있으면 당시 그리스의 숙적 페르시아를 견제하는 동시에 그리스 전체에 군림할 수 있을 것으로 믿었다. 플라톤은 그를 일러 "땅 위의 고정된 군대를 바다 위의 흔들리는 수군으로 만든 사람"이라고 했다. 육군을 선호하던 귀족들은 평민인 그를 일러 "아테나이인으로부터 창과 방패를 빼앗고 노잡이 걸상에다 비끄러맨 사람"이라고 했다.

지금도 아테나이의 외항(外港) 노릇을 하고 있는 저 유명한 항구 도시 피라에우스를 건설한 사람도 테미스토클레스다. 그의 복안은 엄청난 반대에 부딪쳤다. 정적들은 바다의 신 포세이돈과 지혜의 여신 아테나의 고사를

피라에우스는 오늘날 그리스 동남부에 위치한 그리스 최대의 항구 도시이다. 카잔차키스의 소설 『그리스인 조르바』에서 야생마 같은 조르바의 삶이 펼쳐지는 무대도 바로 이곳이다.

들어, 항구를 건설하려는 그의 야심을 저지하려고 했다. 그 고사는 다음과 같다.

제우스는 한 도시를 건설하고 올륌포스의 신들에게, 그 도시민에게 가장 유익한 것을 선물하는 신의 이름을 도시 이름으로 삼겠다고 했다. 이때 포세이돈이 제시한 것은 말, 즉 바다를 지배하는 해군력의 상징이고 아테나 여신이 제시한 것은 올리브 나무, 즉 평화와 농업 국가의 상징이다. 제우스는 아테나 여신의 선물을 더 나은 것으로 판결하고 그 도시 이름을 '아테나이(아테나 여신의 도시)'로 명명했다. 반대자들은, 그러므로 외항을 건설하고 아테나이를 해양 국가로 만드는 것은 제우스 신의 뜻을 거역하는 것이라고 주장했다.

그러나 그는 아테나이를 피라에우스에 연결시키는 것에 만족하지 않고 도시가 전적으로 항구에 의존하게 만들었다. 말하자면, 귀족의 지배권에 무력한 농민이나, 귀족의 하수 세력인 육군을 소외시키고 뱃사람과 해군에게 권세를 부여한 것이다. 도시 국가의 지배 계층은 기본적으로 귀족이었다. 평민 출신인 그는 도시를 항구에 의존하게 하고, 배 타는 평민에게 힘을 부여함으로써 귀족의 대항 세력으로 평민의 세력을 강화한 것이다. 그는 농민들은 소수 독재에 반감을 품지 못하는 반면에 바다를 통해 다른 나라의 사상이나 문물을 접하는 사람들은 민주주의를 꽃피울 수 있다고 믿었다.

　　그는 이러한 자신의 정치적 야심을 실현시키기 위해 신탁을 조작하는 것까지 마다하지 않았다. 그는 델포이의 신관(神官)을 매수하여 아테나이의 장래는 '나무 성벽에 맡겨라.'라는 신탁을 전하게 만들기도 했다. '나무 성벽', 배가 아니고 무엇인가.

　　이처럼 그리스 내전을 종식시키고 아테나이를 종주국으로 세운 공로자이기는 하지만 인간 테미스토클레스의 면면을 접하고 보면 정나미가 떨어진다.

　　그가 아테나이 군 사령관을 맡고 있을 때의 일이다. 그는 부하들에게, 페르시아 군의 배가 멎을 만한 해변의 바위에 다음과 같은 격문을 새겨 두게 했다.

　　"이오니아인들이여, 페르시아를 버리고 그리스 편에 가담하라. 가담할 수 없거든, 수단과 방법을 가리지 말고 페르시아 군을 교란하라."

　　"이러면 이오니아인들이 우리에게 가담할 거라고 보십니까?"

　　이렇게 묻는 참모들에게 그가 대답했다.

　　"가담하지는 않겠지만 적어도 페르시아 군의 의심만은 사지 않겠나?"

페르시아와의 전쟁 중 아테나이의 군자금이 달리고 있을 당시의 일이다. 그는 갑자기, 메두사의 머리가 새겨진 방패가 없어졌다는 소문을 퍼뜨리고는 이것을 찾는다는 구실로 병사들의 소지품을 일제히 뒤지게 했다. 그러고는 이때 병사들이 숨겨 두고 있던 돈을 압수해서 군자금으로 썼다.

그가 아테나이 해군의 사령관을 지내고 있을 때의 일이다. 페르시아 병사들의 시체가 금목걸이며 금팔찌를 한 채로 뱃전을 둥둥 떠다니고 있었다. 그것을 아까운 듯이 바라보고 있던 가까운 친구에게 그가 말했다.

"가지게나. 자네는 테미스토클레스가 아니니까."

세리포스 섬사람이 그에게, 그의 영광은 혼자 이룬 것이 아니라 아테나이의 덕을 본 것이 아니냐고 하자 그가 응수했다.

"내가 만일에 세리포스 사람이었다면 지금의 이름을 얻지 못했을 것이니, 옳은 말씀. 하지만 당신은 아테나이 사람이었다고 해도 나같이 되지는 못했을 것이오."

페르시아와의 전쟁에서 승리한 직후, 동맹국 사람들은 그가 배를 몰고 다니면서 금품을 거두는 것을 못마땅하게 여겼다.

"나는 '설득과 무력', 이 두 여신을 모시고 왔으니 돈을 좀 내시오."

그가 거만하게 말했을 때 안드로스 땅 지도자가 응수했다.

"우리도 '가난과 불가능', 이 두 여신을 모시고 있는데, 못 내겠소."

이렇게 진동한동 술수를 부리던 그도 정치 무상은 알고 있었던 것 같다.

"아테나이 사람들은 나를 사랑하지도 존경하지도 않아. 그들에게 나는 버즘나무(plane tree)와 같아. 날이 궂으면 내 아래로 모여들지만 날이 개면 내 잎을 따고 가지를 잘라 버릴 것이거든."

어린 시절 그가 정치에 뜻을 두고 있다는 것을 안 그의 아버지는 아들을 해변으로 데려가, 거기에 버려져 있는 낡은 군함을 보여 주면서 "저 것이 정치인의 말로"라고 말했다고 한다.

이 정도 위인이 공명한 의인 아리스테이데스와 평생의 정적이었다는 역사적 사실은 우리를 울적하게 한다. 그러나 이 간웅의 이름이 공명한 의인의 이름에 가려 마침내 회멸하고 만 것에서 우리는 사람의 희망을 읽는다.

그렇다. 버즘나무다. 버려진 군함이다.

살라미스는 키프로스 섬 동쪽 해안에 있는 도시로, 고대 유적들이 많이 남아 있다.

살라미스 해전의 승리

아리스테이데스의 패각 추방이 해제된 직후, 전황은 그리스 연합군에게는 절망적이었다. 페르시아 함대가 밤중에 살라미스 해협에 주둔하고 있던 그리스 연합 함대를 포위하고, 주위의 섬까지 모조리 점령해 버린 것이었다. 아리스테이데스는 포위망을 뚫고 살라미스로 들어가 테미스토클레스를 독대하고 이렇게 말했다.

"테미스토클레스, 우리에게 분별력이 조금이라도 남아 있다면 지금 이

순간 이 쓸데없고 유치한 다툼은 옆으로 젖혀 두고, 확실하고도 명예로운 다툼으로 바꾸어 그리스를 구하는 문제를 두고 한번 붙어 봅시다. 당신은 다스리고 지휘하는 입장에서, 나는 당신을 보조하고 조언하는 입장에서 한번 붙어 보도록 합시다. 내가 이렇게 말하는 것은 당신만이 최상의 전략을 수립할 수 있는 사람이고 나만이 최상의 조언을 해 줄 수 있는 사람이기 때문이오."

아리스테이데스가 합류한 가운데 연합군의 작전 회의가 열렸다. 이 회의 석상에서 테미스토클레스가 자신이 수립한 전략을 설명했다. 그러자 두 사람의 알력을 잘 아는 한 장군이 일어나 테미스토클레스에게 외쳤다.

페르시아 왕 크세르크세스의 그리스 침공의 가장 대표적인 전투가 살라미스 해전이다. 수적으로 열세였던 그리스 연합군이 페르시아 군대를 격파한 이 전쟁은, 세계 역사의 흐름을 유럽 중심으로 돌려놓은 대전환점으로 평가된다.

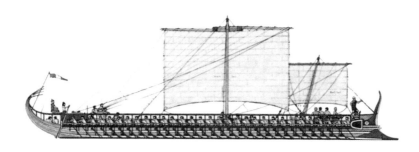

살라미스 해전에서는 노가 3단으로 설치된 '트리에레스'라는 군함이 동원되었다.

"아리스테이데스 장군이 저렇게 잠자코 있는 것은 당신의 전략적 권고가 못마땅한 것이라는 증거올시다, 어떻게 생각하시오?"

그런 주장에 테미스토클레스를 대신해서 아리스테이데스가 응수했다.

"이것 보시오. 내가 잠자코 있는 것은 테미스토클레스의 전략적 권고가 못마땅해서가 아니오. 그렇다고 해서 내가 저분에게 선의를 가지고 있는 것도 아니오. 내가 잠자코 있는 것은 저분에게 선의를 가져서가 아니라 저분의 권고를 승인하기 때문이오."

라틴어에 '사랑은 모든 것을 정복한다.'라는 말이 있다면, 그리스어에는 '양보가 양쪽을 승리하게 한다.'라는 말이 있다. 아리스테이데스의 금도(襟度)가 테미스토클레스를 수용하지 않았다면 그리스 군은 살라미스에서 페르시아 군에게 깨어졌을 것이다. 그러나 그리스 연합군은 수적으로 열세임에도 압승을 거두었다.

연합군 사이에서 논공행상의 절차가 있었던 것은 당연하다. 어느 도시 국가로 최고의 공훈상이 돌아가야 할 것인가를 두고 의견이 분분했다. 당시 가장 큰 공을 세운 도시 국가는 역시 아테나이와 스파르타였다. 그러나 아테나이나 스파르타로서는 이 공훈상이 각기 상대국으로 돌아가는 것을 좌시할 수 없는 일이었다. 세력의 균형이 그쪽으로 기울기 때문이었다. 마침내 이것을 결정하는 중책이 공명한 의인 아리스테이데스에게 맡겨졌다. 만일에 아리스테이데스가 양쪽을 설득하여 그 판정을 연합군 전체 회의에 회부하지 않았더라면 그리스는 동족상잔으로 또 한 차례 피바다가 되었을 것이다.

회의가 시작되었다. 코린토스의 클레오크리토스 장군이 자리에서 일어나자 좌중이 술렁거렸다. 공훈상이 코린토스에게 돌아가야 한다고 주장할 것으로 짐작했기 때문이다. 당시의 코린토스는 아테나이와 스파르타 다음가는 강국이었다. 코린토스에 돌아가야 한다면 아테나이와 스파르타가 함께 들고일어날 터였다. 하지만 코린토스의 장군은 뜻밖의 제안을 했다.

"공훈상은 플라타이아에게 넘길 것과 이로써 집안싸움을 종식시킬 것을 제안합니다. 양보가 양쪽을 승리하게 합니다. 플라타이아가 상을 받게 되었다고 해서 아테나이와 스파르타에 손해가 가는 것은 아닐 것입니다."

아리스테이데스가 아테나이를 대표해서 이 안에 찬성했고, 연합군 총사령관을 지낸 바 있는 파우사니아스가 스파르타를 대표해서 이 안에 찬성했다. 나머지 연합국들은 대세를 좇았다.

플라타이아에 공훈상이 돌아가기까지의 과정이 절묘하게 정치적이라면 플라타이아가 이 명예를 받아들이는 과정은 그리스인들답게 시적이다.

플라타이아는, 신들에게 어떤 제물을 드리면 좋을지, 아폴론 신이 맡겨놓은 뜻을 읽어 보았다. 이런 비답이 나왔다.

"자유의 신 제우스에게 제단을 바치되 그전에 페르시아의 야만인들 손에 더럽혀진 나라 안의 불이라는 불은 모두 꺼라. 델포이로부터 더럽혀지지

19세기 프랑스 화가 구스타브 모로의 「프로메테우스」. 신의 뜻에 반해 인류에게 불을 선물한 프로메테우스는 제우스의 노여움을 사 카우카소스 산 바위에 묶인다. 쇠사슬에 묶인 그에게 매일 독수리가 찾아와 그의 간을 파먹었지만, 불사의 신이었기에 죽을 수 없는 그는 매일 반복되는 고통을 참아야 했다. 파리 구스타브 모로 미술관 소장.

않은 불을 가져다 켜기 전에 제물을 바쳐서는 안 된다."

그리스 연합국의 장군들은 플라타이아 전역을 돌아다니면서, 불이라는 불은 모조리 강제로 끄게 했다. 에우키다스라는 청년이 델포이로 달려가 신성한 불을 가지고 오겠노라고 자원했다. 그리스의 성화는 원래 회향나무 대롱에 그 불씨를 담아 운반하게 되어 있다. 이로써 최초로 불씨를 훔쳐 회향나무 대롱에 담아 인간에게 가져다 준 프로메테우스를 기리고자 하는 것이다.

플라타이아에서 델포이로 달려간 에우키다스는 정화수로 몸을 씻은 다음 월계수 가지로 월계관을 만들어 썼다. 그러고는 제단으로 올라가 성화를 채화하고는 그 길로 다시 플라타이아를 향해 내달았다. 그가 하루에

신들의 불을 훔쳐 인간에게 선물한 프로메테우스.

1000스타디온을 달려 다시 플라타이아에 도착했을 때는 해가 한 뼘쯤 남아 있었다고 한다. 1000스타디온이면, 1스타디온이 200미터 정도니까, 200킬로미터나 되는 거리이다. 에우키다스는 제관들에게 성화를 건네주고는 그 자리에 쓰러져 절명했다.

페르시아와의 전쟁에서 뜻밖에 안은 영광을, 한 장렬한 젊은이를 잃은 슬픔으로 장식하게 된 플라타이아 사람들은 에우키다스를 아르테미스 여신의 신전에 안장하고 비를 세웠다. 그 비명은 짧지만 장쾌하다.

"에우키다스, 델포이까지 당일에 다녀오다."

가난을 자랑스럽게 여기다

전쟁에 승리한 직후, 테미스토클레스는 전시 공납금 징수 담당 관리가 아니었다. 그런데도 그는 몸소 배를 몰고 인근의 연합 국가들을 찾아다니며 전시 공납금을 거두다 망신을 당한 것으로 전해진다. 그러나 공명한 아리스테이데스는 징수 담당 관리였는데도 불구하고 이 업무 처리를 종결시켰을 당시 재산 한 푼 늘어난 것이 없었다.

어느 날 테미스토클레스가 이 공명한 대쪽 앞에서 이런 말을 한 적이 있다.

"나는 무릇 장군이 지녀야 할 최고의 덕목은 적의 심중을 미리 읽는 안목이라고 생각하오."

아리스테이데스가 한마디로 무질렀다.

"필요하기는 하겠지만, 보다 중요한 것은 손을 깨끗이 간수하는 일일 테지요."

아리스테이데스는 전후에 포로와 전리품을 관장하는 중책을 맡았는데도 재산 한 푼 늘리지 않았다. 그런데 그의 사촌 중에 칼리아스라는 사람이 있었다. 칼리아스는 엘레우시스에서 벌어지는 곡물의 여신 데메테르의 제사 때 횃불 드는 직분을 가진, 일종의 제관이었다. 그래서 이 칼리아스는 아리스테이데스와 함께 전리품을 한데 모아 그리스로 보내는 일을 할 때도 여느 사람과는 다른 차림을 하고 있었다. 말하자면 길게 기른 머리에 제관의 관을 쓰고 있었던 것이다.

곡물의 여신 데메테르(케레스). 아리스테이데스의 사촌 칼리아스는 데메테르의 제사 때 횃불을 드는 직분을 가진 사람이었다.

그런데 그리스 풍속을 알 리 없는 페르시아의 포로 하나가 칼리아스를 굉장히 높은 사람으로 여기고 다가와, 목숨만 살려 주면 한 재산을 챙길 수 있게 해 주겠노라고 했다. 칼리아스가 약속한다는 뜻으로 그 포로의 손을 잡아 주었다. 포로는 칼리아스를 한 동굴로 안내했는데 그 안에는 한 수레가 넘는 페르시아 보물이 쌓여 있었다. 칼리아스는 그 포로를 죽여 파묻어 버리고는 그 보물을 은밀히 제 것으로 횡령했다.

후일 아리스테이데스가 수석 집정관이 되어 있을 때 이 칼리아스가 어떤 죄목으로 기소되어 법정에 섰다. 기소한 사람들은 칼리아스를 맹렬하게 비난하다가, 허름한 차림으로 뒷자리에 앉아 있는 청빈한 아리스테이데스

테미스토클레스의 이름이 적힌 오스트라콘. 아리스테이데스의 도편 추방에 힘썼던 그는 자신도 역시 도편 추방에 희생되었다.

를 보고는 논점에서 이탈하여 아리스테이데스의 청빈함을 강조함으로써 칼리아스를 비난했다.

"아리스테이데스 님이 이 그리스 땅에서 얼마나 칭송을 받는 분인지 모르시는 사람도 있나요? 이렇게 훌륭하신 분이 초라한 차림으로 민회에 나오시는 것을 보십시오. 그런데 우리가 기소한 이 칼리아스, 아테나이 최고의 갑부는 사촌간인데도 불구하고 아리스테이데스 님의 가난을 못 본 척하는 것으로 알려져 있습니다. 칼리아스가 이 아리스테이데스 님의 권력을 얼마나 이용했는지는 여러분도 짐작하실 것입니다. 이자를 어찌 나쁜 사람이라고 하지 않을 수 있습니까?"

다음 날 아리스테이데스가 증언대에 섰다. 그는 칼리아스에 대해 다음과 같이 증언했다.

"지금까지 칼리아스는 몇 차례 나에게 재물을 나누어 주면서 그것을 받아 주기를 간청했다. 그러나 나는 그것을 받지 않았다. 나는 사촌의 재물을 자랑하기보다는 내 가난을 자랑하는 것이 낫다. 많은 재물을 잘 쓰는 사람은 얼마든지 있다. 그러나 가난을 고상한 정신으로 지탱하고 사는 사람을 만나기는 쉬운 일이 아니다. 나는 가난을 부끄럽게 여기지 않는다. 가난이라고 하는 것은 면하고 싶은데도 면할 수 없는 사람에게만 부끄러운 것일 뿐

이다."

　이 말을 들은 사람들은 법정을 나오면서 이구동성 다음과 같은 말로 아리스테이데스를 찬양했다.

　"칼리아스 같은 부자가 되기보다는 아리스테이데스 같은 가난뱅이가 되고 싶다."

　플라톤은 아리스테이데스에 대해 이렇게 쓰고 있다.

　"수많은 아테나이 정치가들 중 경의를 표해야 할 인물은 아리스테이데스 한 사람뿐이다. 테미스토클레스와 키몬과 페리클레스는 아테나이를 열주(列柱)와 재물과 허섭스레기로 가득 채운 사람들이다. 그러나 아리스테이데스는 정의라는 잣대로 공직 생활을 재면서 살았던 사람이다."

　그는 정적이던 테미스토클레스에 대해서도 공명했다. 테미스토클레스는 그를 패각 추방하도록 여론을 조성한 장본인이었다. 그러나 테미스토클레스가 패각 추방을 당할 위기에 몰렸을 때 정적 중에서 테미스토클레스를 공격하지 않은 사람은 그뿐이었다. 그는 테미스토클레스가 욱일승천의 기세를 보일 때도 이것을 선망하지 않았듯이 곤경에 빠졌을 때도 의기양양해하지 않았다.

　청빈한 아리스테이데스가 장례 치를 재산도 남기지 않고 세상을 떠나자 국가가 비용을 들여 국장으로 치러 주었다고 한다. 아테나이 민회는 유가족인 그의 아들 대에 이르기까지 생활비를 지원했다고 한다.

그의 손녀 미르토는 철학자 소크라테스의 보살핌을 받았던 것으로 전해진다. 소크라테스에게는 이미 크산티페라는 아내가 있었지만, 그 조부의 아름다웠던 뜻을 기려 이 가난한 과부를 불러들였던 것으로 전해진다.

아리스테이데스의 얼굴은 그려진 것에서도 새겨진 것에서도 찾아내기 어렵다.

아리스테이데스같이 공명한 사람이 하나 문득 그립다.

이윤기의
그리스 로마 영웅 열전 1

1판 1쇄 찍음 2011년 1월 7일
1판 1쇄 펴냄 2011년 1월 14일

지은이   이윤기
발행인   박근섭, 박상준
편집인   장은수
펴낸곳   (주) 민음사

출판등록   1966. 5. 19. (제16-490호)
주소   서울시 강남구 신사동 506 강남출판문화센터 5층 (135-887)
대표전화   515-2000 • 팩시밀리 515-2007
홈페이지   www.minumsa.com

ISBN 978-89-374-8332-5 03890